낙타, 3막을 열다

낙타, 3막을 열다

초판 1쇄 인쇄일_2013년 11월 06일
초판 1쇄 발행일_2013년 11월 16일

지은이_최혜령
펴낸이_최길주

펴낸곳_도서출판 BG북갤러리
등록일자_2003년 11월 5일(제318-2003-00130호)
주소_서울시 영등포구 국회대로 72길 6 아크로폴리스 406호
전화_02)761-7005(代) | 팩스_02)761-7995
홈페이지_http://www.bookgallery.co.kr
E-mail_cgjpower@hanmail.net

ⓒ 최혜령, 2013

ISBN 978-89-6495-059-3 03810

*저자와 협의에 의해 인지는 생략합니다.
*잘못된 책은 바꾸어 드립니다.
*책값은 뒤표지에 있습니다.

이 도서의 국립중앙도서관 출판시도서목록(CIP)은 e-CIP홈페이지
(http://www.nl.go.kr/ecip)와 국가자료공동목록시스템(http://www.nl.go.kr/kolisnet)에서 이용
하실 수 있습니다.(CIP제어번호 : CIP2013022098)

낙타, 3막을 열다

최혜령 지음

BIG 북갤러리

이제 과거와의 손을 놓고
새로운 인생의 3막을 연다

오래된 피아노 위 화병에 몇 달 동안 끊이지 않고 수국을 사서 꽂아두었다. 숨이 막히는 지난 더위에 방 안에서 사흘을 넘기기가 어려웠다. 아주 오래 피는 걸로 골라주세요 하며 가져온 것도 일주일을 넘기기가 어려웠다. 꽃집 주인의 설명대로 끓는 물에 대를 살짝 데치는 일도 해봤지만 신통치가 않았다.

잎이 시들면 버리고, 또 버리기를 여러 번

그렇게 반복하던 어느 날

바쁘다는 핑계로 버리는 것마저 미뤄진 어느 날

나는 보고 말았다.

수국의 화려한 미소를.

잎은 이미 다 말라버려 떠날 준비를 하건만 그 속에서 수국은 가장 화려한 미소를 빛내고 있었다. 뿌리부터 줄기까지 조금씩 조금씩 자기 몸이 시들어가고 있는 걸 아는지 모르는지 생의 끄트머리에서, 아니

생의 마지막 순간까지 세상 가장 환한 미소로 피어나고 있는 수국.

그 환한 미소 안에 떠오르는 얼굴. 긴 인생에 기억하고 싶은 순간이 하나도 없다며 한 많은 삶을 마감한 시어머니, 당신이야 '이제 죽어도 뭐가 아깝겠냐'며 유명인의 죽음을 안타까워하던 어머니, 그리고 몇 가지 일을 벌여놓고 발을 동동 구르는 내 모습까지. 애처롭기도 하고 대견스럽기도 한 모든 어머니의 모습이 수국 안에 자리하고 있었다. 그 미소를 알기 전 내 안의 또 다른 수국 하나를 품은 지도 아주 오래되었다.

벌써 십 년.

이젠 잊을 만도 한데, 이루어질 수 없는 첫사랑을 보낸 것도 아닌데, 아직도 내겐 미련만 가득이다. 세상 밖으로 끄집어내기 부끄러워

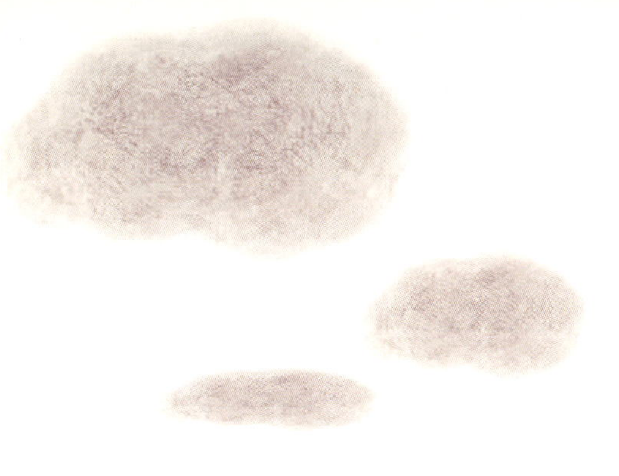

한 세월, 떠나보내기 너무 아까워서 한 세월, 그러다 보니 이제 곰삭고 때 끼인 세월의 묵은 냄새가 난다.

하지만 나는 아직도 읽을 때마다 가슴이 아려오고 시야가 흐려진다. 참 징그러운 청승이다.

이제 난 이런 짝사랑을 그만두려 한다.

언제 온다는 기약도 없이 다시 온다는 약속도 없이 떠나버린 지난 날들을 여기 이 한 권에 담아 양지바른 독자의 품에 고이 묻고자 한다.

그리우면 그리운 대로, 생각나면 생각나는 대로, 아프면 아픈 대로 이제 과거와의 손을 놓고 새로운 인생의 3막을 열어가고자 한다.

십 년의 세월이 흐르도록 보내지 못한 내게 떠나보낼 수 있는 용기

를 주고, 항상 자신감 넘치는 모습을 보이기 위해 자신을 다잡게 해
준 '동행325' 여러분께 감사의 인사를 드리고 싶다.

그리고 대한민국에서 제일 바쁜 나를 가족으로 둔 아플 만큼 사랑
하는 가족. 몇 번의 원고 수정에도 기꺼이 힘을 실어준 따뜻한 친구
선희, 제자 경민에게도 고마움을 전한다.

3막을 시작한 **최혜령**

그녀는 얼음장
밑으로 흐르는 물 같으다.

졸졸졸
끊임없이 세상 속으로
무언가를
흘려 보내려 한다.

한곳으로 바람이 불어갈 때도
그녀는 다른 입김으로
세상을 녹이려 한다.

따스한 햇볕이 파고든
돌과 흙 같기도 하고
빌딩숲 사이에서 막 걸어 나온
'도시녀'같기도 한 그녀가

먼 길을 동행하는 이들과 이야기를
풀어냄에 함께 기뻐한다.

대경대학교 교수, PD 차재영

'뭘 쓰지.'

직업상 밤에 잠들기 전에는 내일은 또 뭘 쓰지…….

아침에 눈 뜨자마자 오늘 뭘 쓰지……합니다.

그렇게 19년을 살았네요.

솔직히 뭘 쓰는 게 지긋지긋할 때가 많죠.

그래서 일이 아니면 되도록 뭘 쓰지 않으려고 합니다. 속된 말로 돈 안 되면 안 쓰죠.

근데 그런 저도 한 번씩 뭘 쓰고 싶다는 생각이 들 때가 있습니다. 요즘처럼 가을바람이 일렁이면 가슴속에 숨어있던 이야기들이 서걱이며 일어날 때가 있죠. 그럴 때면 컴퓨터 앞에 앉아서 가슴팍에 '탁' 하고 꽂히는 단어들을 선별해 문장을 만들고 한 편의 글을 완성하는 일은 날마다 수십 장의 원고를 써대는 저에게도 참 힘겨운 일이더라고요. 그래서 나중에 필이 오면 써야지 하면서 소재만 적어 둔 메모……. 앞부분만 끄적이다만 소설, 시나리오만 쌓여갑니다. 마치 학창시절에 공부해야지 하면서 큰맘 먹고 참고서 샀는데 끝까지 보지

못하고 첫장만 새까매지는 것처럼 어떤 종류의 글이든 한 편의 글을
완성하는 일은 참 힘든 일입니다.

그만큼 글을 쓰는 일은 쉽지 않은 여정이죠.

그보다 더 어려운 일은 시작한 글을 끝맺는 일이고, 그리고 그보
다 열배쯤 더 어려운 일은 완성한 글을 세상 밖으로 내 놓는 일이 아
닐까 싶습니다. 그 대단한 일을 하신 당신에게 존경의 마음을 전하고
싶습니다. 그리고 축하의 말씀을 드립니다.

방송작가 김윤숙

매 수업마다 상기된 표정으로 긍정 희망 창의성의 메시지를 톡 던져
주시는 선생님. 서로 다름을 존중하고 각자 개성의 길로 인도하는 사
람. 그 사람들을 모아 다시 행복의 길에서 함께 만나게 해주는 사람.

– 소녀ing

울고 있을 때 기운을 주는, 기다릴 때 같이 기다려주는, 달릴 때 같
이 달려주는 네가 아주 귀중하다 말해주는 사람입니다.　　– 꿈달리기

가장 인상 깊었던 말씀은 IQ200이라고 믿고 행동하면 그렇게 된다
는 말씀. 긍정의 힘을 믿으라는 말씀

– 참숯창고

소심하고 별 볼일 없는 줄 안 저를 벌떡 일으켜 세우는 능력자, 떨
고 있는 속내까지 훤히 꿰뚫어볼 줄 아는 심미안의 소유자　　– 꿀물

꿈을 크게 가져라. 그 꿈만큼 자란다.

– 꿈쟁이

삶의 고비 사막에서 나를 찾는 목마름이 절실한 이들에게 오아시스 같은 힐링의 존재. 그녀를 만나면 신기루 같은 꿈의 이야기가 현실이 된다.
 — 포플러

우리에겐 글이 보석으로 변하게 하는 선생님! 낭만과 파워에너지로 힘없이 처져있는 동행325에게 큰나무가 될 수 있게 거름을 주시는 바른 길의 인도자!
 — 초여름

'할 수 있습니다'로 자신감을 불어넣어주신 효과 100% 맛보았습니다. 혹! 마술사
 — 도라지

모든 게 뒤처져 있어도 선생님의 에너지가 바로 나의 에너지가 된다. 할 수 있다는 걸 믿게 하시고 할 수 있게 해주시는 분, 최고의 선생님 사랑합니다.
 — bookwrites1

여기 꿈 사용법을 마스터한 거장이 있습니다. 매일매일 현실의 거센 격랑을 맞아 승리하는 꿈의 여전사 Dreamweaver! 쌤에게 헌정하는 이름입니다.
– 조나단

불혹이라는 망망대해에서 떠돌던 나에게 꿈으로 향한 밝은 빛을 선물한 등대!
– 문peony

자신이 쓰고 싶은 걸 써라. 책의 가치는 오직 주관이다. 위에서 끌어 주는 게 아니고, 옆에서 함께 가주는 정다운 선생님
– 린제

꿈을 향해 거침없이 나아가는 도전이 있는 특별한 존재! 그녀에겐 열정과 자유가 있다. 그래서 사랑할 수밖에 없다.
– msleekjc

꿈과 열정이 함께하는 행복한 동행325. 아름다운 사람, 그녀 최혜령이 있으므로
– 아기별똥별

제1부

낙타, 그립다

배꽃

　어머님의 시선을 따라갔다. 창밖을 보니 활짝 만개한 꽃이 바람에 후드득 꽃잎을 뿌리고 있었다. 세상의 모든 어둠을 하얗게 덮어버리는 4월의 따스한 꽃눈이었다. 무채색으로 벽을 두른 병실이 바람에 날아드는 꽃잎으로 어느새 화사해졌다.

　"야야, 저기 좀 봐라. 배꽃이 활짝 피었대이. 진짜 곱제. 잊지 말고 꼭 시기 맞춰서 배 따래이."

　영문도 모른 채 대답은 하지만 어리둥절하기만 했다. 어머님은 여전히 아득히 먼 세계를 바라보고 계신 듯 이리저리 흩날리는 꽃잎에서 눈을 떼지 못하고 계셨다.

　"너거도 묵고 한 상자는 큰아도 주고, 뒷집 아지매도 꼭 줘래이. 내 없으모 우리 살림 다 살아준다 아이가. 저거 농사짓고 남은 사과도 내가 맨날 얻어 묵었다. 꼭 챙기거래이."

　너무도 황당하지만 꿈을 꾸듯 꽃잎에 빠져있는 어머님의 모습을 바라보면서 차마 아니라고 할 용기가 나지 않았다.

그때는 어머님이 뇌졸중 진단을 받으신 지 여섯 달을 지날 무렵이었다. 처음에 의식을 잃고 쓰러지셨을 때는 한 달 동안 응급실 신세를 졌다. 그런데 정신이 들자마자 집으로 가겠다고 하셨다. 어머님 아프시면 농사가 다 무슨 소용이냐고 말려보아도 소용이 없었다. 그런 의지의 밑바닥에는 농사에 대한 걱정이 아닌 자식에 대한 사랑이 있었기 때문이었다.

"막다른 골목에 대이모 일어서게 되는 법이니께 걱정 말 거래이. 내 병원에 있으모 진짜 못 선다 카이까."

병원도 싫다, 아들집도 싫다며 고집을 부리셨다. 당신 혼자서는 움직일 수 없을 때 그때는 어디든 가겠노라 하시며 의지를 꺾지 않으셨다. 결국 네 남매는 어머님의 뜻을 꺾지 못하고 자주 찾아뵙는 것으로 걱정을 대신했다. 전화를 드리면 당신은 괜찮으니 걱정 말라는 게 한결같은 대답이셨다.

그런데 또 쓰러지셨다. 일단 병원으로 모시긴 했는데 이번엔 어머님의 행동이 좀 이상했다. 난데없이 배나무 얘기를 하시는 것이었다. 시집온 지 십 년을 훌쩍 넘겼지만 배나무 이야기는 처음 들었다.

의사선생님의 설명을 들으니 뇌졸중의 후유증으로 기억신경세포가 파괴되고 있는 것 같다고 했다. 물론 아직은 사람들을 알아보는 데에는 지장이 없지만 기억이 오락가락하면서 점점 심해질 거라고 했다. 생각해 보니 매년 가족들 생일이면 잊지 않고 찰밥에 미역국은 꼭 끓여 먹으라고 하시던 전화가 요즘은 뜸했다. 또 앞뒷집의 제사나 생일까지 기억하시던 분이 근래엔 종종 불에 얹어둔 솥을 깜박해서 태운다는 말씀도 하셨다.

걱정스런 마음으로 어머님께 이것저것 여쭤보았지만 다른 기억은 맞게 하시는데 유독 배나무만은 사실이 아닌 데도 사실로 확신을 하셨다. 알고 보니 어머님은 뒷집에서 농사지은 사과를 나눠줄 때마다 무척 부러워하셨단다. 그래서 늘 뜰에 배나무 한 그루 심었으면 하셨단다. 그런 연유로 어머님 마음속엔 자식들에게 다 나눠주고 뒷집까지 나눠줄 수 있는 배나무 한 그루가 살고 있는 듯했다.

생각해 보면 나는 참 무심한 며느리였다. 도시에서 나고 자라서인지 원래 시골 일엔 별로 관심이 없었다. 어쩌다 어머님과 논에 나가도 이게 우리 논이야 하며 자랑스러워하시던 어머님께 남의 일 구경하듯 했었다. 어려운 시골 살림 속에도 자식들 번듯이 키워낸 자랑을 하고 싶었을 텐데 그런 걸 알 리 없는 나는 무심히 지나쳤다.

둘째가 네 살 되던 해였다. 딸만 둘이지만 이제 아이는 그만 낳겠다는 생각에 장난감이며 이불이며 다 치웠었다. 방학이라 마침 집에 오셨던 어머님은 그걸 보고 무척 서운하셨던 모양이다. 그날 저녁, 사소한 일로 남편과 다투게 되었다. 밖에서 다투는 소리를 들으신 어머님은 다음 날 새벽차로 바로 시골로 내려가셨다. 우리가 아무리 주말에 모셔다 드릴 테니 며칠만 기다리시라고 해도 막무가내셨다. 나중에야 안 일이지만 어머님은 그때 아기 물건이 없어진 걸 보고 너무 속이 상해서 밤에 일어나 안주도 없이 소주 한 병을 다 드셨단다. 때마침 우리가 싸우니 그것이 다 당신 때문이라 생각하신 것이다.

그날 이후로 어머님께는 버릇이 하나 생겼다. 우리 가족이 시골에 가면 몰래 큰애를 붙잡고 엄마 아빠 요즘도 싸우느냐고 물으시는 거다. 우리가 아무리 아니라고 해도 어머님은 믿으려 하지 않으셨다. 아이를 더 낳지 않으려는 것도, 우리가 싸운 원인도 보탬 없이 짐만 되는 당신 때문이라 생각하신 것이다.

어쩌면 어머님은 뒷집의 사과나무를 볼 때마다 당신이 심고 싶은 배나무를 떠올렸는지도 모르겠다. 배 한 그루 없어서 자식들에게 나눠주지 못하는 당신의 처지를 안타까워하시며 얼마나 많은 날들을 술로 지내셨을까 하는 생각에 고개를 들 수가 없었다. 그런 어머님의 마음 하나 헤아리지 못 하고 지내온 날들에 대한 후회가 물밀듯 밀려왔다.

세상이 온통 배꽃으로 덮인다. 슬쩍 바람만 불어도 하얀 꽃잎이 가는 이의 발길을 붙든다. 그 옛날 어머님처럼 내겐 벚꽃이 온통 배꽃으로만 보인다. 꽃잎 하나하나가 살아서 내게로 다가온다.

열어둔 거실 창으로 날아든 벚꽃이 벽에 걸린 유화를 슬쩍 쓰다듬고 달아난다. 풍경이 정말 아름답다고 화가인 친구가 그린 것이다. 그림 속엔 어머님이 사시던 곳이 그대로 살아있다.

빨간 지붕을 머리에 인 집이 거기 있다. 오른 편에는 쓰러질 듯 나지막한 행랑채가 자리하고, 왼 편에는 반쯤 끊긴 담을 넘어 텃밭이 누워있다. 대문을 지탱해주는 조그만 담이 집의 절반을 둘러치고 나머지 반은 세상을 향해 열려있다.

큰길에서도 집안이 훤히 들여다보인다. 분꽃, 채송화, 들장미, 국화 옆에선 쪽파와 대파가 사이좋게 자리를 나누어 살고 있다. 대문 양 옆으로는 커다란 감나무가 그늘을 드리우고 나지막한 화단 위로 가지런히 벗어둔 신발이 있다.

마당가 아궁이에는 여전히 솥이 얹혀있다. 이제라도 불을 피우면 활활 타오를 것 같다. 왁자지껄한 어르신들의 웃음소리가 금방이라도 들려오고, "형님아! 퍼떡 온나"며 손짓을 하고 화답하는 모습이 눈에 선하다.

　아무리 찾아봐도 어머님이 가지고 싶어 하시던 배나무 한 그루는 그곳에 없다. 그렇게 소원이던 어머님을 위해 살아생전 배나무 한 그루 못 심어드렸다. 하지만 어머님은 내 가슴에 커다란 배나무를 한 그루 심어 놓고 가셨다.

雪飯

첫눈 오는 날 만나자

어머니가 싸리 빗자루로 쓸어 놓은 눈길을 걸어

누구의 발자국 하나 찍히지 않은 순백의 골목을 지나

새들의 발자국 같은 흰 발자국을 남기며

첫눈 오는 날 만나기로 한 사람을 만나러 가자

– 정호승 시 부분

올 가을은 유난히도 길었다. 차가운 바람이 부는가 하면 다시 따가운 햇살이었다. 여름이 물러서기를 거부하는지 겨울이 다가오기를 주저하는지 겨울은 아직 소식이 없었다. 그저 지내기엔 그만인 가을이지만 왠지 올해는 겨울이 어서 오기를 기다렸다.

그러는 사이 끝이 보이지도 않던 가을도 서늘한 바람 앞에 몸을 감추고 이젠 완연한 겨울이다. 겨울이 돌아왔음이 선명해지면서 나는 귀한 손님을 기다린다. 차가운 겨울마저 설렘으로 기다리게 하는 바로 하얀 눈이다. 온 세상을 하얀 솜이불로 포근하게 감싸버리는 차가운 겨울의 따스함.

그것이 언제였던가. 시간을 훌쩍 뛰어넘어 열 살인 둘째가 뱃속에서 나오기만 기다리던 가을이었다. 휴일의 단잠을 깨우는 전화 한 통으로 그렇게 칠 년여, 아버님의 발목을 붙잡고 외출을 금지시킨 관절염은 아버님의 심장을 끌어안고 가버렸다.

시집와서 아버님께 제일 많이 들은 말은 바로 '웃으면서 살제'였다. 아버님이 이러시는데 어찌 우리가 웃어요? 제발 술 좀 그만 드시라며 버릇없이 굴던 날도 떠올랐다.

어느 날 병원에 입원하기 위해 시어른께서 올라오셨다. 결혼하고 처음으로 아들네를 방문하셨지만 병원 가시는 길이라 따스한 밥 한 상 차릴 시간도 주어지지 않았다. 결국 죄송스럽지만 가까운 중국집에서 우동 한 그릇을 시켜드렸다. 그것이 아버님 생전에 처음이자 마지막 대접이었다는 생각에 미치자 낯을 들 수가 없었다.

"아이고~, 아이고~."

어머님의 곡소리가 들렸다. 우동, 그 서글픈 우동 생각에 쥐구멍이라도 들고 싶었다. 자식 고생시킨다고, 당신보다 먼저 가라고, 제발 먼저 가라고 애원을 하시던 어머님 생각에 차마 음식이 넘어가지 않았다.

"뱃속에 있는 아일 생각해야제. 산모는 너무 울어도 너무 속을 비워도 안 되는 기다. 퍼뜩 마이 묵거라. 너거 아버님도 그러길 바래실 기다. 장례에도 못 올까 해산 전에 돌아가셨제. 암 그렇고말고."

아버님은 약주만 드시면 아들네에 전화를 걸라고 성화이셨고 어머님은 번호가 기억나지 않는다고 말리셨다는 이야기가 떠올랐다. 어머님의 성화에 마지못해 먹는 밥은 모래인지 옥수수 알갱이인지 목젖을 지그시 눌렀다. 당신은 곡기를 끊다시피 하시면서도 뱃속의 손주 걱정에 몇 번을 챙기시던 어머님이셨다. 태어나서 그렇게 입 안이 까칠해지는 밥은 아마도 처음이 아니었던가 싶다.

그렇게 삼오가 지나 상복을 벗고 쌓인 피로가 풀릴 겨를도 없이 한 발 한 발 추석이 다가오고 있었다. 혼자 시골에 내려간 남편이 돌아왔다. 아이도 아빠를 기다린 건지 곧 진통이 시작되었다. 가족 모두가 둘째는 아들이기를 무척이나 기대했었다. 남편도 상관없다지만 은근히 기다리는 눈치였다.

"축하합니다. 3.02kg. 딸입니다."

하늘이 노랬다. 맏며느리라는 자리가 떠올랐다. 일과 집 사이를 동동거리며 첫딸을 키웠던 기억도 활동사진처럼 지나갔다. 또다시 아이를 낳아야 할지도 모른다는, 절대 꾸고 싶지 않은 악몽이었다. 미역국을 가져온 간호조무사 앞에서 부끄럼도 잊고 복받치는 설움에 울음을 멈출 수가 없었다. 그때 내게 밥은 허기를 삭여주는 양식이 아니라 숨통을 졸라매는 흉기와도 같았다.

하룻밤을 병원에서 보냈다.

집으로 돌아오는 날,

어머님의 얼굴을 뵙는 것이 가장 죄송스러웠다. 딸 낳은 죄인이라 했던가. 어머닌 내색 한 번 않으셨지만 난 스스로 죄인의 자리에 섰다.

"야, 야, 애썼제. 서운케 생각 말거라. 다음에 또 낳으면 안 되나."

다음에 또라는 말씀에 정말 해도 너무하신다 싶은 서운함이 자리

잡을 새도 없이 어머님은 아이와 내 자리를 봐주셨다. 곧 자그마한 상 위에 하얀 쌀밥과 김이 모락모락 오르는 미역국에 간장 한 종지, 수저를 올린 정갈한 밥상을 들고 들어오셨다.

"그저 삼신 할머님예, 우리 며느리, 손주 아무 탈 없게 잘 붙들어 주이세이. 미련한 중생이 뭐를 알겠십니꺼. 그저 알아서 잘 보살펴 주이세이."

밥상을 놓고 두 손을 비비는 어머님의 뒤에서 눈시울이 시큰거렸다.

"퍼떡 와서 뜨거운 국에 한 그릇 먹거라. 특별이 새로 추수한 햅쌀이다."

아들 며느리 먹이겠다고 칠순의 허연 백발로 몇 번이나 허리를 접었다 폈을까. 주름 깊은 이마에는 또 얼마나 많은 땀방울이 도랑을 이루어 흘렀을까. 숟갈을 뜨기도 전에 눈앞이 흐려졌다.

아직 철부지 며느리가 첫 애 낳고 까칠한 입 탓에 밥도 못 먹고 있을 때, 당신께선 싱싱한 가자미를 사오셨다. 그 생물을 넣어서 시원한 미역국을 끓이시리라 생각하고 흙먼지 시골길을 고생도 마다않고 이고 들고 오셨다. 하지만 도시서 자란 며느리는 비린내 난다고 입도 안 대고 말았었다. 다른 사람들이 거기에 벌건 양념을 해서 먹는 모습을 편치 않은 눈으로 뚫어져라 보시며 당신은 입도 안 대시던 모습이 떠올라 이번엔 정말 맛있게 잘 먹고 싶었다.

이런저런 생각으로 눈물이 앞을 가리는 와중에 먹은 그 하얀 쌀밥은 평생 잊지 못할 고마운 맛이었다. 세상의 이불 되어 내리는 하얀 눈처럼 따스한 어머님의 마음을 닮아 사르르 녹는 하얀 쌀밥이었다. 그 마음을 알아챈 듯 아이는 밥 더 주세요를 연발하고, 남편도 한 그릇 달게 해치운다. 아직도 혀끝에 남아있는 그 따스함이 내 가슴을 덥힌다.

눈보다 더 하얀 솜이불을 머리에 쓰고 계셨던 어머님이 눈에 선하다. 빠알간 심장이 까맣게 다 타서 하얀 재가 되도록 눈보다 큰 사랑으로 늘 우리를 감싸주신 어머니셨다. 어쩌면 이 겨울의 매서움 속에 조금이라도 발을 덜 들여놓게 하고픈 어머님의 마음이 저리도 가을의 옷자락을 붙들고 있었던 것은 아닌지.

당신이 없는 세상에서 첫 겨울을 맞았다. 올해는 내게도 첫눈이 오면 만날 사람이 생겼다. 겨울바람이 불어오던 그날부터 난 이미 첫눈이 오기를 기다리고 있다. 어머님 닮은 하얀 흰 눈이 오면 맨발로 달려가 당신 품이라 생각하고 드러누워 시리도록 뜨거운 눈물을 흘릴 것이다.

미더덕 파상풍

[척색동물문. 미색동물아문. 전체 길이 5~10cm. 위쪽은 볼록볼록하고 자루 부분의 표면에 불규칙한 주름과 홈이 있다. 몸 빛깔은 사는 바다의 밑바닥 색에 따라 다르나, 황갈색에서 회갈색, 등황색을 띠며 안쪽은 흰색을 띤다.]

"결과는 정상인데 기억력 수치가 낮네. 정밀검사를 해보는 게 어때요?"

"아이구, 우리 나이 또래는 다들 그래, 괜찮겠지. 나 검사는 안 할란다."

오늘 하루도 이렇게 저무는가. 일에서 손을 떼고 정신을 차릴 때쯤엔 마지막 관문인 저녁식사가 관리감독처럼 버티고 서있다. 힘겨운 일주일을 겨우 내려놓는가 싶은 토요일 저녁은 과식한 그 어느 날의 무거운 몸무게가 발걸음에 실린다. 지쳐 쓰러지고 싶은 다리를 이게 끝이야 하는 뻔한 거짓말로 어르고 달래 저녁 장을 보러간다. 무엇으로 오늘 하루를, 이번 한 주를 마무리해야 할까 펴놓은 전들을 구경도 하기 전에 이미 머릿속은 충분히 실랑이 중이다.

공장에서 똑같이 찍어내는 인스턴트식품처럼 하나, 둘 모두 카트기를 따라 진행 중이다. 메뉴를 정하고 장을 나온 사람의 눈빛은 평온하고 여유가 있어 보이지만, 그렇지 못한 이는 이리저리 탐색전에 바쁘다. 제일 먼저 눈에 띄는 과일 전에서 충분히 비타민 씨를 눈으로 섭취한다. 보기만 해도 새콤한 주홍빛 귤과 발그레 물든 홍옥 앞을 지나오면서 어느 덧 풀죽어있던 어깨가 조금은 올라가는 듯하다. 건어물 전을 눈요기로 지나치면 곧바로 어물전이다.

꽁꽁 언 동태 옆으로는 생을 동결당한 알들이 기억을 멈춘 채 덩그러니 놓여있다. 가운데가 쩍 벌어진 채 잔뜩 소금 간을 뒤집어 쓴 고등어. 파도소리라도 듣겠다는 것인가? 살며시 입을 벌렸다 다무는 홍합. 단단히 똬리를 튼 채 제 모습을 기억하려 애쓰는 미역을 지나 미더덕에 눈이 딱 멈춘다. 순간 무언가에 흠칫 놀란 듯 가슴이 싸아~해진다.

"음, 향긋한 된장 냄새."

현관문을 열자마자 100% 성공률을 자랑하는 개코가 위력을 발휘한다. 식탁으로 옮겨진 보글보글 냄비 속 재료들이 올랐다 내렸다 춤을 춘다. 자리에 앉기 무섭게 둘째의 숟가락이 먼저 냄비로 돌진한다.

"엥, 이게 뭐야?"

숟가락 가득 담겼던 재료들이 이내 제자리로 쏟아진다.

“미더덕이야. 먹어 봐.”

“에이, 뭐야. 싫어. 생긴 것도 이상해. 나 안 먹어.”

“아, 이거? 급식에서 먹어봤어. 욱 토할 뻔 했잖아. 나도 안 먹을래.”

큰놈의 가세에 보고 있던 남편이 은근히 한마디 거든다.

“얼마나 맛있는 음식인데 그러냐, 한 번 먹어보렴.”

“싫어, 절대로 안 먹어. 다시 끓여줘.”

“나 혼자 다 먹을 테니 먹지 마.”

연거푸 된장을 떠서 밥 위에 마구 올려두고 미더덕을 건져 후다닥 입 속으로 배달한다. 그런데 이상하다. 된장의 김 때문인가 자꾸만 눈 앞이 흐려진다. 매운 고추를 넣은 것도 아니건만 붉어진 눈시울 아래로 콧물마저 흐른다. 가만히 휴지로 훔쳐내도 될 것을 주책이다 싶어 후다닥 화장실로 뛰어 들어간다. 예상대로 벌겋게 충혈된 눈. 기억이 눈물이 되어 소나기를 만났다.

“좀 먹어 보라니까, 얼마나 맛있다고.”

“싫어, 안 먹어. 엄마나 많이 먹어.”

한 번 갔다 하면 세 시간은 기본인 친정엄마의 목욕은 자그마한 손바닥이 쪼글쪼글 미더덕이 되어야 나온다. 무슨 연유인지 시외버스를 타고 멀리 온천까지 갔다. 근처에 가기만 해도 폭 삶아질 것 같은 온천수는 아홉 살 어린 나에겐 도무지 어울리지 않았다. 오기 싫은 걸 억지로 따라온 화풀이를 점심에다 해댄 것이다. 원래 된장을 좋아하지도 않았지만 처음 보는 미더덕은 생김새만으로도 충분히 거부의 대상이었다.

막내인 탓에 다른 어머니들보다 유난히 쪼글쪼글해진 엄마의 주름

살을 건지는 기분이랄까. 한 푼이라도 아끼겠다고 빠글빠글하게 볶은 머리카락이라도 건지는 기분이랄까. 그도 아님 시골 아줌마처럼 햇볕에 검게 그을린 엄마의 얼굴처럼 거뭇거뭇한 몸을 두른 탓일까. 어쨌든 그 흉물스런 물건을 입으로 넣는다는 건 생각만으로 소름끼치는 일이었다.

"한 번만, 딱 한 개만 먹어보라니까."

내리사랑인 줄도 모르고 끈질긴 애원에 할 수 없이 내키지 않은 물건을 입 속으로 집어넣는다. 어금니가 닿는 순간 푹하고 입 속에서 뜨거운 물이 쏟는다. 앗, 뜨거! 다시 밖으로 몰아낸다. 찬물을 들이키느라 손이 바쁘다. 원망스런 눈으로 엄마를 본다. 더 이상 권유도 멈춘다. 묵묵히 먹는 엄마.

철없던 어린 시절에 행한 몇 안 되는 반항. 철이 든 후 안 일이지만 복막염 수술 이후 얻게 된 지병으로 어머닌 온천에 가신 거였다. 자세한 정황을 알 리 없는 나는 그렇게 어머니 가슴에 못을 박았다. 아니 오래 전에 어머니 가슴엔 못 같은 건 없다. 기억조차 사라져버렸으니. 하지만 당신 나이만큼 훌쩍 커버린 딸은 이제야 어머니 자리에서 당신의 마음을 본다. 유난히 된장을 좋아하는 엄마와 같아지는 것이 싫어서 된장조차 싫어했던 나. 된장을 떠올리면 괜히 촌스럽다거나 세련되지 못한 엄마 생각에 애써 외면했던 것인데 아, 그런데 첫 애를 가지고 맨 처음 먹고 싶었던 것은 바로 엄마가 끓여주던 된장찌개였다. 양파에 호박을 숭숭 썰어 넣고 쇠고기 듬뿍 넣어 끓인 엄마표 된장찌개. 그것이 먹고 싶던 순간부터 조금이나마 엄마의 마음이 들여다보이기 시작했었다. 가슴 한켠이 아려오는 아픔들.

"딱 너 같은 딸 하나만 낳아서 길러봐라."

다시 아무렇지 않은 듯 돌아와 상 앞에 앉았다. 그리곤 가만히 이야기를 꺼낸다.

옛날에 엄마가 할머니 따라 온천에 갔는데 할머니가 미더덕된장찌개를 시키셨지. 근데 엄마가 한 숟가락도 안 먹고 버렸잖아. 그래서…….

미더덕이 아직도 내겐 MRI에 선명하게 찍힌 어머니의 뇌 사진으로 보인다. 자글자글 주름진 뇌. 저 속에는 얼마나 큰 사랑이 담겼을까? 얼마나 많은 자식 걱정으로 주름졌을까? 가슴이 아려온다. 서서히 과거의 기억을 하나하나 지워갈 생로병사의 허망함. 결국 이야기를 다 들려주지도 못하고 또다시 눈물범벅이다. 아이들도 남편도 놀란 눈치다. 벌써 삼십 년도 지난 일인데, 삼십 년도 전에 박은 아주 작은 못인데…….

delete

마음이 바쁘다. 시간은 없는데 워드작업은 느려서 어깨가 뻐근하도록 컴퓨터 앞에 붙어있다. 장장 세 시간의 작업이 이제야 끝이 나는 순간이다. 뿌듯한 마음으로 공들여 친 작업을 모두 드래그 한다. 그리고 오려서 다른 파일로 옮기려는 순간 앗, 딜리트(delete)키가 눌러진다. 순식간에 내 눈앞의 문서가 사라진다. 머릿속이 하얗게 변해버렸다.

날아가 버린 문서가 있던 자리에 하얗게 백지만 남은 채 커서가 깜박거린다. 너무도 순식간에 일어난 일이라 멍하니 화면만 바라보고 있다. 그러다 도무지 믿기지 않아서 최근문서가 있던 자리를 찾아 헤맨다. 보고 또 보고 뒤지고 또 뒤져도 흔적 없이 사라져 버렸다. 어쩌면 이렇게도 깨끗할 수가. 순간 이런 지우개는 정작 어머니께 필요한 것이었음을 기억해낸다.

신나는 음악이 울려 퍼졌다. 너울너울 파도를 부르는 손과 함께 커다란 엉덩이가 나타났다 사라졌다. 공기를 휘저으며 앞으로 뒤로 움직이는 몸짓이 사방으로 음악을 분산시켰다. 어느새 음악도 몸도 하나가 되어 하늘로 날아올랐다. 〈꿈으로 가득 찬 설레는 이 가슴에 사랑을 쓰려거든 연필로 쓰세요.〉 어머니의 콧노래에 내 엉덩이도 따라서 들썩 거렸다.

평소에 신명이 많은 어머니지만 아버지가 워낙 춤 같은 걸 싫어하셔서 집에선 노래도 잘 안 부르시던 어머니가 어느 날인가 부르기 시작한 노래가 바로 이것이었다. 그 노래를 부를 때의 어머니는 평소와는 아주 낯선 모습이었지만 흥겹고 신명나는 살아있는 모습이었다. 그런데 왜 하필이면 그 노래를 불렀을까 하는 게 늘 궁금했었다. 하지만 한 번도 그 이유를 물어본 적이 없었다. 늘 내 앞에서 조잘대는 아이가 떠올라 내가 참 무심한 딸이었음을 이제야 느낀다.

"엄마 이건 엄마가 들으면 너무 속상한 일이니까 그냥 말 안 할래."

평소 내겐 시시콜콜 다 말하는 아이인데 수상했다. 그래서 엄만 절대로 충격 안 받을 거니까 말해보라고 했다.

"오년쯤 전의 일인데 나도 잘 모르는 애 엄마가 우리 집이 너무 더럽고 내 동생들이 너무 꼬질꼬질하고 꾀죄죄하다고 안 좋은 말을 했다는 거야. 나도 그땐 엄마가 많이 바쁘고 동생은 만날 같은 옷만 입고 집안은 정리가 안 됐던 거 다 알아. 하지만 우리 집에 와 보지도 않았고 나와는 잘 알지도 못하면서 그렇게 함부로 말하는 거 난 너무 속상해."

난 과장된 몸짓을 하며 큰소리로 웃었다. 엄마가 속상해 할까봐 오년이나 속으로 삭이며 말을 안 한 큰애의 마음을 잘 아는지라 나는 아무렇지 않은 듯 행동했다. 그때는 시어머님이 아프셔서 병원에 쫓아다니기가 바빴고, 아이 셋이 널어놓은 살림살이는 아침에 치워도 오후엔 엉망이기 일쑤였다. 둘째는 씻어도 환해지지 않는 꽃무늬 하얀 외투를 늘 걸치고 다녔으니 당연한 거였다. 큰애에겐 잘 알지도 못하면서 그렇게 말하는 사람들이 나쁜 거고, 우리도 그랬던 게 사실이니 마음에 두지 말라고, 엄만 아무렇지도 않으니 그런 일에 상처 받을 필요 없다며 다독였다.

칠 남매의 맏며느리로서, 다섯 남매의 어머니로서 살면서 어머니는 나와 같은 일들을 얼마나 많이 겪었을까 생각하니 가슴이 아렸다. 언젠가 들은 반지 얘기가 생각나서 또 한 번 가슴이 아팠다.

어머니는 반지를 안 끼셨다. 반지가 없어서는 아닌데, 그저 일하기 불편해서라든가 소매치기가 겁나서인 줄만 알았다. 그런데 어느 날인가 잘못을 저지른 자식의 머리를 한 대 때린 일이 있었는데 공교롭게도 반지를 낀 손으로 때리셨다. 마침 반지의 볼록한 부분이 손바닥 쪽을 향해 있었고 아이의 일그러지는 얼굴을 보는 순간 후회가 밀려왔다. 아이가 느꼈을 아픔과 원망의 눈초리가 내내 기억이 나서 생각날 때마다 가슴이 아파 그 후로는 평생 반지를 안 끼고 사셨단다.

〈사랑을 쓰다가 틀리면 지우개로 깨끗이 지워야 하니까.〉 어머님이 부르던 노래처럼 기억하고 싶지 않은 일을 깨끗이 지워줄 수 있는 지우개가 있다면 얼마나 좋을까. 세상을 살아가면서 가장 많이 우리를 괴롭히는 것은 나쁜 기억인지도 모른다. 기억하고 싶지 않은데 자꾸만 새록새록 살아나는 기억에 발목이 잡혀서 옴짝달싹할 수 없게 만드는 것이 기억의 굴레이다.

〈처음부터 너무 진한 잉크로 사랑을 쓴다면 지우가 너무너무 어렵잖아요. 사랑은 연필로 쓰세요.〉 지금 와서 생각해 보면 그렇게 목이 터져라 노래를 불러대던 그때에 어머닌 우울증을 앓고 계셨다. 자식들을 다 키우고 난 뒤에 오는 공허감을 우울증으로 대신하며 살아온 지난 날들을 되새기며 슬퍼하고 허무해하고 그런 시간을 견디고 계셨던 것 이었다.

노래를 부르면서 어머닌 오랜 세월을 살아오면서 자신의 마음을 다 치게 했던 모든 일들을 노랫말처럼 지우개로 지우고 싶으셨는지도 모르겠다. 그 모든 것을 지우고 꿈으로 가득 찼던 그때로 돌아가고 싶었던 마음에 그 노래를 그렇게 열심히 부르셨는지도 모른다.

인생에 있어 지우개가 필요 없는 사람은 없을 것이다. 지우고 싶은 과거를 얼마나 잘 지우고 사는지가 행과 불행의 관건이지도 모른다. 잘 지운다는 건 잘못 썼다는 걸 인정하는 일이고, 잘못을 진심으로 인정하는 것에서부터 또다시 잘못을 반복하지 않는 법이다.

컴퓨터 작업을 하다보면 잘못해서 delete를 눌러 소중한 정보가 몽땅 날아가 버리는 경우가 종종 있다. 정말 소중한 것을 잃었을 때의 상실감이 큰 것 이상으로 너무 버리고 싶은 기억을 싹 지웠을 때의 해방감도 크다. 내게도 잊고 싶은 기억들이 많다. 이젠 내 삶을 위해 delete키를 찾아 나서야겠다.

방짜

사물놀이 한판이 어우러진다. 상모가 현란하게 돌아간다. 진자와 채를 따라 빙글빙글 돌아가는 상모 사이로 요란한 꽹과리소리도 함께 돈다. 까강깡깡 깽깨깽깽 꽤갱꽹꽹. 온 동네를 신명과 들뜸의 늪으로 몰아넣으며 지신밟기가 시작된다. 어깨가 절로 들썩대고, 덩실덩실 춤사위가 살아나고, 발장단에 몸이 뒤뚱거린다. 중모리 중중모리 휘모리 장단으로 옮아가며 듣는 이의 웃음과 눈물도, 희망과 절망도 한데 어울려 흥겨운 한마당을 버무려낸다.

댕─── 댕─── 댕─── 까강깡깡 깽깨깽깽 꽤갱꽹꽹. 북과 장구소린 어디로 가고 내게는 왠지 징과 어우러지는 꽹과리소리만 들려온다. 중후한 저음으로 심장을 향해 전파되는 징소리 위로 이완을 쫓아내는 경쾌한 꽹과리소리다. 너울너울 파도를 넘듯 봄바람을 타고 점점 크게 점점 가까이 소리가 살아서 춤을 춘다. 방짜가 햇빛을 받아 번쩍번쩍 그 빛을 자랑한다.

방짜는 1,200도가 넘는 고온에서 주석과 구리를 섞어 판을 만드는 불의 시련을 거친다. 그 다음으로 열이 식기 전에 망치질로 두드려서 그 판을 얇게 펴는데 식으면 다시 달궈 망치질을 되풀이한다. 이렇게 방짜는 피멍의 시련을 거친다. 방짜에 쓰는 주석은 성질이 물러서 많이 쓰면 깨지기 쉬운데 거듭되는 망치질과 반복적인 열처리로 단단하게 만든다. 그리곤 얇아진 판들을 서너 장씩 덧대 원하는 모양을 만들어낸다. 영광의 상처 뒤에야 비로소 제 모습을 얻는 것이다. 이렇게 만들어진 방짜는 두드려도 결코 깨지지 않는다.

단단한 방짜처럼 내게도 그런 분이 있다. 내가 아는 아버지는 참 단단한 분이다. 별로 크지도 않은 키지만 무척 다부진 체격에서 풍기는 옹골진 모습이 단번에 다른 이들을 제압하는 힘이 있는 분이다. 지금으로 치면 꿈 많은 사춘기인 중학교 3학년 시절에 결혼을 하였다. 할머니께서 많이 아프시다보니 장남의 결혼을 서두른 까닭이다. 그렇게 아버진 십대를 벗어나기 전에 이미 한 아이의 아버지가 되었고, 사업을 시작하기 위해서 시골의 살림을 정리하고 온 가족이 도시로 이사를 하면서 할아버지를 대신해 집안의 가장이 되었다.

칠 남매의 맏이였던 아버지의 어깨에는 당신의 처자 외에도 부모님과 동생들이라는 짐이 실리게 되었다. 자칫 약해질 수도 있는 아버지의 감성을 달군 것은 장남으로서의 책임감과 부모님에 대한 효심이었다. 무르기는 하나 열에 강한 물질인 주석처럼 아버지의 인생은 늘 책임감으로 달궈져 아무리 두드려도 깨지지 않았다. 아니 깨지고 싶어도 깨질 수 없었을 것이다. 당신이 쓰러지면 줄줄이 함께 쓰러질 가족들을 생각하면 죽기 전엔 쓰러지는 것조차 자유롭지 않았기 때문이다.

큰 포부를 갖고 시작한 사업은 어음부도로 인한 위기를 맞았고, 아버지는 밤낮을 가리지 않고 일을 했다. 그러던 중에 고모마저 청상과부가 되어 아버지 곁으로 왔다. 내 핏줄에 대한 사랑이 가득했던 아버지에게 그건 금전 이상의 고통이었을 것이다. 겨우 사업을 정상화시키고 동생들도 대학을 보내고 하는 과정에서 사촌에게 돈을 떼이기도 하고 보증을 잘못 서는 바람에 집 한 채가 날아가 버리기도 했다. 아버지에겐 항상 시련이 운명처럼 줄을 서 있었다. 열이 식기 전에 망치질로 두드리고 식으면 다시 달궈 망치질을 거듭하는 주석처럼 아버지에겐 담금질과 망치질의 연속인 삶이었다. 그러한 과거가 아버지의 그 단단함을 만들어 낸 것이다.

그래서 아버지의 말씀 한마디면 온 집안이 굴복한다. 그건 밥을 담아 놓으면 잘 식지 않는 방짜처럼 아버지의 큰 사랑을 모두 느끼고 있기 때문이다. 또 바른 길이 아니면 절대 가지 않는 아버지의 생활신조를 너무나 잘 아니 모두들 아버지의 말씀에는 좀체 토를 달지 않는다. 농약 성분이 많이 들어간 음식물도 단박에 알아차리고, 사람의 생명까지 위협한다는 'O157'균을 박멸하는 능력이 있는 방짜처럼 아버진 그 섬세한 촉각으로 자식들과 동생들의 삶이 항상 반석에 놓이도록 이끌었다.

아버지도 이젠 일흔을 훌쩍 넘겼고, 할아버진 올해 아흔 일곱이다. 최근엔 기억이 조금씩 흐려지는 할아버지, 고모님과 함께 산다. 이제는 좀 편안히 살았으면 좋겠다며 함께 여행을 권유하지만 번번이 퇴짜를 놓는다. 당신이 잠시라도 집을 비운 사이에 할아버지가 돌아가시는 일은 만들 수 없다는 것이 이유다. 이젠 당신 편한 대로 하시게 하는 것 또한 효임을 알기에 안타깝지만 아버지의 뜻을 따른다. 그렇게라도 아버지를 지탱했던 효심의 마지막을 지켜드리고 싶다.

선조들은 일찍이 사물놀이에 쓰이는 징과 꽹과리만은 반드시 방짜로 만들었다. 방짜의 인기가 사라지던 시대에도 징과 꽹과리만은 방짜로 고집한 이유는 바로 맥놀이현상 때문이었다. 맥놀이란 두 음파가 서로 간섭을 일으켜 진폭이 커졌다 작아졌다 하는 현상을 말한다. 주물로 찍어 낸 징은 음의 파장이 직선으로 곧게 뻗어 나가지만 방짜로 만든 징의 경우 맥놀이현상이 나타난다. 그것이 가장 아름다운 소리를 만드는 근원이다.

아버진 지금 방짜처럼 당신의 인생에서 가장 아름다운 소리를 만들고 계신 것인지도 모르겠다. 십 대에 가장이 되어 당신을 달굼질하고 망치질하던 그 효심과 책임감이 만들어내는 화음. 배고픈 시절 가족들에게 허기진 배를 채워줄 수 있는 꽹과리가 되어주고 징이 되어주던 아버지의 아름다운 사랑이 만드는 하모니를 이젠 당신에게 돌려드리고 싶다. 햇빛을 받아 번쩍번쩍 그 빛을 자랑하는 방짜의 황금빛을.

伴

[㉠짝 ㉡반려 ㉢동반자 ㉣벗 ㉤동료(同僚) ㉥큰 모양 ㉦한가로운 모양
㉧모시다 ㉨동반하다(同伴--) ㉩의지하다(依支--) ㉪따르다 ㉫배반하다]

차가운 밤바람을 피하려 잔뜩 어깨를 움츠리고 밤늦은 퇴근을 하
고 걸어오는데 어디서 찹쌀~떡, 메밀~묵 소리가 희미하게 날아든다.
길쭉길쭉 솟은 아파트 건물이 무색하게 훌쩍 이십 년은 족히 뛰어넘어
들려오는 정다운 소리. 어디 먼 데서 들려오는지 그 진원지를 알 수는
없지만 오랜만에 따스한 겨울 풍경 속으로 빠져들게 한다. 다가오는
크리스마스, 캐럴 그리고 구세군 냄비.
　연말을 맞이하여 한 송년모임에서는 그날의 이벤트로 남편이 아내
발을 닦고 패티큐어를 해주는 서비스를 하기로 했단다. 예수님이 십자
가에 못 박혀 죽임을 당하기 전에 열두 제자를 불러 모아서 자신을 낮
추고 제자들의 발을 직접 씻어주는 행사를 거행하였다는 것을 상기시

키는 거창한 행사가 아니라 아내를 즐겁게 해보자는 소박한 마음으로 기획했는데 반응이 정말 좋았다는 것이다.

살아오면서 부부가 서로 발을 닦아주는 일이 얼마나 될까?

언젠가 선원에서 스님을 모시고 마음을 열고 자신의 고민을 털어놓고 얘기하는 시간이 있었다. 딱히 어떤 주제를 정해놓고 하는 것은 아닌데 그날 어떤 신도가 남편 얘기를 꺼내어서 얘기는 자연스레 부부에 대한 것으로 흘러가게 되었다. 자신은 남편이 하는 행동이 너무 느리고 답답해서 힘들다는 것이었다. 그리고 더 힘든 건 바로 자신의 딸조차도 그런 행동을 쏙 빼닮아서 이젠 고통이 두 배가 되었다는 것이다.

〈사람은 다 자기 인품의 높이가 있습니다. 그런데 부부란 건 딱 자신과 똑같은 높이의 사람이 만나는 것입니다. 그러니까 그 사람을 한없이 낮추면 자신도 함께 떨어지는 것이지요.〉

스님의 말씀이 끝나자 여기저기서 동요가 일어났다. 고민을 말했던 신도는 스님의 말씀에 동의할 수 없다며 자기가 남편보다는 훨씬 높은 것 같다고 말했다. 그러자 스님은 그 높음의 기준이 뭐냐고 물으시며 당신이 낮다고 생각하는 것이 높은 것이 될 수도 있고 당신이 높다고 생각하는 것이 낮은 것이 될 수도 있다는 것이었다. 정말 눈이 번쩍 뜨이는 우문현답이었다.

일찍이 노자는 '도'에는 실체나 본체의 의미란 없고 그 대신 대립적인 것들의 '관계'와 반대편으로 향하는 운동력이라는 의미가 있다고 했다. 그러므로 이 세계를 있음과 없음, 높음과 낮음, 김과 짧음, 어려움과 쉬움, 앞과 뒤 등으로 개괄되는 대립 항들이 각자 자기의 반대편을 존재 근거로 삼으면서 반대편으로 향하려는 경향을 매개로 서로 꼬

여서 존재한다며 어떤 것도 반대되는 짝이 없이는 존재하지 못한다고
했다.

부부란 바로 그런 것이다. 남편과 아내의 관계로 인해 서로가 존재
하는 것, 반대되는 짝이 없이는 존재 자체가 있을 수 없는 것이다. 거
기에 있음이 없음보다, 긴 것이 짧은 것보다 앞이 뒤보다 더 높고 나은
것이라고 누가 말할 수 있겠는가. 한쪽이 없으면 이미 다른 한쪽도 없
는 것인데.

시인들은 벌써 알고 있었다. 부부하면 천생연분이 떠올라야 할 사이
가 '평생 웬수'를 떠올리는 것이라고. 한집에 살면서도 생전을 입을 닫
고 사는 사나이와 생전을 귀를 닫고 사는 여인이 함께 사는 것이라고.
세상에서 제일 가깝고도 제일 먼 사람이고 내가 낳은 새끼들을 제일
로 사랑하는 사람이면서도 나에게 전쟁을 가장 많이 가르쳐 준 사람
이라고.

발바닥에 간지럼을 먹이며 철없이 놀던 아내가 이젠 백혈병으로 침상
에 누워 아무리 간지럼을 태워도 꿈쩍 않는 모습에 피눈물을 흘리는
어느 시인의 시를 읽고 시인처럼 머리를 쥐어뜯지 않기 위해서라도 오
늘은 꼭 아내의 맨발을 씻어주고 싶었다는 남편. 들어오자마자 영문
모르는 나를 끌어 발을 씻어주겠다던 그의 아름다운 마음을 오래도
록 기억한다.

'짝 반(伴)'자를 보면 짝이란 벗이자, 동료이고, 동반자이다. 서로 동
반하고 의지하고 따르는 것이다. 그리해야 아주 큰 모양을 이룰 수 있
는 것이고, 아주 한가롭게 쉴 수도 있는 것이다. 물론 짝이기에 배반의
아픔도 있을 수 있다. 그러지 않으려면 항상 서로를 모시면서 살아야

하는 것이다.

아내에게 모질게 한 남편이 자신이 잘못해서 아내의 가슴에 못 박은 아흔아홉 가지 일에 대한 반성으로 좋은 일을 하나씩 계속해 나가겠다고 다짐을 했다고 한다. 그럴 때마다 그 못 하나하나씩을 뽑으라고. 세월이 흘러 남편은 그 약속을 잘 지켰고 아내는 이제 그만 되었다고 했다고 한다. 그러자 남편은 이제 당신 몸에 박힌 못은 빠졌는지 몰라도 아직 그 못 박았던 자리의 구멍은 안 메워졌으니 계속 반성하겠다고 했다는 이야기가 있다.

살아가면서 서로 상처주지 않고 살아가는 부부가 얼마나 되겠는가? 문제는 서로 받은 상처만 기억할 뿐 자신이 준 상처는 기억하려들지 않는다는 것이다. 상처에도 이젠 애프터서비스가 필요하다. 상처를 오래 기억하는 것이 또다시 상처주지 않는 일의 지름길인 것이다.

오래 전부터 저녁이면 남편에게 안마를 해주고 있다. 특히 발을 밟아주는 것을 좋아해서 꾹꾹 눌러주는데 겨울이라 그런지 발바닥이 허옇게 갈라진다. 가장이란 무거운 짐을 지고 하루 종일 종종걸음을 쳤을 그의 발을 보면 저절로 숙연해진다. 차가운 외풍과의 처절한 싸움이, 군데군데 잡힌 굳은살을 넘어 전달된다. 오늘은 그 의연한 전사를 위해 갖가지 응원과 사랑이 듬뿍 담긴 크림으로 마중을 가야겠다.

<h1 style="text-align:center">시소</h1>

한꺼번에 서너 가지 요리를 늘어놓고 하는 내게 시간들의 틈을 비집고 문득 계절을 들여보내주는 것은 바로 부엌으로 난 창이다. 찌개를 끓이다가 고기를 굽다가 우연히 내다보는 바깥 풍경은 띄엄띄엄 다른 계절의 색으로 옷을 갈아입는다. 2층인 우리 집은 부엌으로 난 창 앞에 서면 놀이터가 훤히 내려다보인다. 엄마의 눈은 자연스레 많은 아이들 중에서도 내 아이에게만 초점이 맞춰진다. 한 손으론 손잡이를 꽉 잡아 쥐고 다른 한 손으론 금방이라도 훨훨 날아오를 듯 위아래로 흔들어 대는 아이의 얼굴엔 미소가 가득하다. 마주보고 앉은 누나도 유쾌한 만세를 부른다. 보고 있는 내 눈에도 어느새 미소가 살아난다.

"네 엄마가 아무래도 이상하다. 병원에 한 번 가봐라."
아버지의 갑작스런 호출은 별의별 상상을 다 불러들였다. 평소에 아파도 괜찮다고 하시던 분이 웬일로 먼저 부르시나 싶으면서 너무나도 가라앉은 목소리 탓에 이유를 여쭤보지도 못하고 오후시간을 흘려보냈었다.

저녁을 먹고 대충 정리를 한 연후에 친정으로 향했다. 친정이라야 바로 앞 동이라 엎어지면 코 닿을 곳이지만 일하고 돌아와 내 자식 챙기다 보면 부모님 돌아볼 여유조차 없다. 고개를 들어 아직 거실에 불이 켜진 것을 확인하고 엘리베이터로 간다. 금속성의 지문 인식 현관문이 더욱 차갑다.

인사를 하고 집안을 빙 한 번 둘러본다. 마침 같이 사는 고모님은 안 계시고 서로 말씀은 않지만 어딘지 모르게 공기가 무겁다. 아버진 별 말씀도 안 했는데 어머니께서 사람 염장 지르는 말로 부아를 돋운다는 것이었다. 어머닌 어머니대로 아버지가 먼저 화를 내셨다는 거다.

처음부터 폭탄처럼 터지는 말의 파편을 주워 담으며 최대한 빠르게 상황을 정리한다. 할아버지 잠드신 동안 잠깐 시장에 다녀오신다고 어머니가 집을 비우신 동안에 삼촌이 방문했다 그냥 돌아가신 일이 있어 어머닌 마음이 불편했는데, 아버지가 무심코 던진 말이 가슴에 사무친 모양이었다. 그러니 어머니도 옛날일 꺼내며 아버지 아픈 곳을 찌르셨고 두 분은 결국 다른 생각으로 화가 나신 것이었다.

"아버지, 제가 결혼 초기에 남편이 좋아하는 고등어를 구워뒀는데 들어오자마자 '머리에 냄새나는데 수건 쓰고 굽지'라는 말을 하는 거예요. 어디 그 사람이 의도적으로 제게 못 박으려고 한 말이겠어요? 근데 전 때때로 고등어만 보면 그 생각이 나서 서운한 생각이 들어요. 그렇게 10년을 말 않고 살았는데 그 사람이 제 맘을 알 리가 있겠어요? 그래서 이젠 그 사람을 불러서 내가 이런 마음이라고 얘기하고,

그 사람은 내게 미안하다고 하지요. 아시잖아요. 어머닌 못 배운 게 평생 한이라 늘 열등감을 느끼고 계시는 거, 또 아버지께서 불같이 화내면 앞뒤가 까매지는 거. 이제 서로 이해할 때도 되셨잖아요. 그리고 두 분 다 서운한 일 참고 마음에 담지만 말고 서로 애길 하세요. 언성 높여서 싸우는 게 아니라 당신이 이러니 내 마음이 이러저러 해서 기분이 나쁘다 하고 조곤조곤히 말씀을 하셔야지요. 그러다 보면 오해도 풀리는 거잖아요. 부부라고 아무리 오래 살았다고 말 안 하는데 내 맘을 다 알아주지는 않더라고요.”

두 시간이 넘도록 지난 세월의 앙금까지 꺼내어 새롭게 먼지를 털어내며 그래도 지난날보다 많이 누그러진 아버지의 태도와 자식 때문에 잔걱정이 많으신 어머니의 날이 선 신경을 서로 이해해가는 동안 어느새 두 분의 얼굴엔 미소가 살아오고 있었다. 그와 내가 언성이 좀 높아진다 싶으면 ‘싸우지 마세요’ 하면서 프린트를 해 와서 내놓는 둘째처럼 자식이란 끈이 있어 때로는 엉켜진 매듭을 풀어줄 수 있다는 것에 가슴이 뿌듯했다.

별조차 잠이 든 깊은 밤의 정적을 깨며 집으로 향하는 길에 노오란 달빛을 받은 시소가 반짝거렸다. 아이들이 함지박만한 웃음을 짓도록 오르락내리락 거리던 시소를 보는 순간 무언가에 감전된 듯 움직일 수가 없었다.

한쪽이 올라가면 한쪽이 내려가고 한쪽이 내려가면 한쪽이 올라간다. 하지만 늘 한쪽만 올라가 있거나 내려가 있다면 그건 멈춘 시소이니, 진정한 의미의 시소가 아닌 것이다. 비로소 시소가 살아있는 것은 바로 아래로 위로 움직이는 순간이다. 그 순간 각 방향의 사람들은 웃음을 찾을 수 있다. 늘 아래에만 있지도 늘 위에만 있지도 않는 뫼비우스의 띠인 것이다. 절망이라 생각하는 순간, 희망이 솟고 희망은 다시 절망으로 떨어질 수 있으나 진정 절망도 절망이 아닌 것이다. 위든 아래든 둘 다 함께 즐기고 웃을 수 있는 것이 바로 시소기 때문이다.

　하지만 늘 웃기만 한다면 웃음이 주는 행복을 모두 누릴 수는 없는 것이다. 웃음이 사라진 건조함을 느낄 때 단비로 만나는 웃음이 더욱 크듯이 서로가 균형을 맞추어 평형을 이루고 있는 순간의 휴식도 필요한 것이다. 평행을 이루는 순간은 서로가 긴장을 놓지 않고 균형을 맞추려는 노력이 필요하다. 오늘 아버지와 어머닌 아마도 오르락내리락하는 시소타기에서 잠시 평형의 시간을 지내셨을 것이다.

　그런 평형의 시간조차 힘들어질 때 애석하게도 우린 종종 시소타기를 그만두는 사람들을 만날 수 있다. 놀이꾼이 떠나버린 시소는 움직임을 멈춘 채 하나는 하늘을, 다른 하나는 땅을 향해 고정된 채 다음 사람을 기다리는 수밖에 없는 것이다.

　처음엔 분명 한곳을 바라보며 걸어가기 시작했는데 일에 아이들 뒤

치다꺼리에 동동거리다 보니 어느덧 저 만치 앞서가는 남편의 뒷모습을 바라보면서 내 안에 품고 있는 움직이지 않는 시소를 본다. 하나가 아닌 둘이 함께여야만 살아 움직이는 시소를 세워둔 채 웃지 않고 있는 나를 본다. 나를 올라가게 하는 것이 그이고, 그를 올라가게 하는 것이 나이다. 또한 나를 내려가게 하는 것도 그이고 그를 내려가게 하는 것도 나이다. 하지만 둘이 다 웃을 수 있는 것이 바로 시소인 것이다. 베란다를 통해 새어나오는 불빛을 바라보며 이제 내 맘 깊이 세워둔 시소에 기름칠을 해야겠단 생각으로 다시 발걸음을 옮겼다.

거리

늦은 수업을 마친 귀갓길은 항상 소금에 절인 배추마냥 풀이 죽고 기운이 사방으로 증발하여 텅 빈 밤의 고요 속에 혼자 내던져진 고독에 빠지게 한다. 무거운 발걸음으로 엘리베이터를 내려오는 순간 눈앞에 펼쳐진 낯선 풍경. 우와! 하고 벌어진 입은 차를 몰고 오는 내내 다물어지지가 않는다. 공간과 공간이 만들어내는 빛의 조화. 현란한 네온사인을 받은 불빛들이 뿌우연 안개의 휘장을 덮고 환상적인 분위기를 자아낸다.

남편은 원래 열이 많은 사람이라 한겨울에도 샌들을 신고 다니는 일이 흔했다. 하지만 근래에 들어 공식적인 자리에 참석할 일이 많아 정장구두를 신을 일이 많다 보니 어느새 무좀이란 놈이 슬그머니 둥지를 틀었다. 무슨 훈장이라도 되는 듯 발가락을 벌려 보여준다. 브이자로 벌려진 발가락 사이엔 이미 피부가 짓무르고 습기에 불어 허옇게 되거나 갈라지며 각질이 벗겨지기도 한다. 발바닥의 가장자리엔 물집이 잡힌 듯도 하고, 발바닥 각질이 전체적으로 두꺼워져 고운 가루처럼 인설로 떨어지기도 한다.

참을성이 좋은 건지 미련한 건지 이렇게 되도록 도대체 뭘 한 거냔 핀잔을 던지곤 이런저런 자료를 뒤지다 보니 정답은 바로 청결과 통풍이다. 참으로 당연하면서도 간단한 것이지만 한편으론 무척 곤란한 해결책이다. 정장에 샌들을 신을 수도 없고 양말을 안 신을 수도 없고, 결국 약 이외에 가능한 시간동안 신을 벗고 있으라는 처방을 할 수밖엔 없다.

벌써 십 년 이상 발바닥 밟기 안마를 해왔는데 무좀이 있다고 당장 그만두자니 서운한 생각이 들겠고, 그렇다고 계속하기엔 내 마음이 개운치 않아 결국 나서서 치료를 위한 발마사지를 하기로 한다. 깨끗이 씻은 발을 잘 말린 후 먼저 각질처럼 보이는 가루들을 진정시키기 위해 항균성 풋크림을 바르고 무좀연고를 발라 말린 후 오일로 보호막을 만든다.

이렇게 발가락 하나하나 발뒤꿈치까지 구석구석 살피다보니 무좀이란 놈은 딱 붙어있는 사이, 말하자면 세 번째와 네 번째 발가락 사이 또는 네 번째와 다섯 번째 발가락 사이처럼 거리가 없이 아주 가까운 사이에만 존재한다. 그러니 발가락이 듬성듬성한 사람은 무좀으로부터 안전지대에 있다고 볼 수 있다.

하지만 달리 생각하면 무좀은 가까운 사이에만 생길 수 있는 훈장이다. 그것은 둘이 하나로 붙어있었다는 흔적이다. 둘이 하나가 되어 서로의 몸이 조금씩 짓무르고 있는지도 모르는 사이에 어느새 참을 수 없는 통증이 되어 돌아오는 것이다. 분명 인설로 혹은 가려움으로 여러 번 노란불 신호를 보내왔을텐데 가장 낮은 곳에서 가장 천대를 받는 탓에 신호는 가벼이 흘려버린다.

이미 멀리 달려가고 있는 생각에 빠져 그의 발을 오래오록 만지작거린다. 허옇게 홈이 팬 피부들이 하나하나 살아와서 우리를 비웃는다. 그렇게 제 살이 다 짓무르는 줄도 모르고 깊이깊이 서로를 할퀸 나날들, 부부이기에 조금의 거리도 두고 싶지 않았던 고집이 불러온 무지의 상처가 나를 질책한다.

우린 삶의 얼마나 많은 부분에서 저렇게 허물허물 녹아내리는 상처들을 만들어 왔을까? 멀리 떨어진 것 사이에는 절대 생기지 않는 짓무름. 너무나도 가깝게 여기기에 상관없는 남보다 더 많은 짓무름을 남기는 가족, 벽 같은 건 존재하지 않는 사이이니 모든 걸 이해할 거란 생각에 짓무르는 친구, 함께 험난한 경쟁의 틈바구니를 넘어왔다는 동지애로 뭉쳐진 직장동료. 하지만 그러한 짓무름을 견디지 못하고 사이를 끊어버리는 일이 많아지는 사람들을 보며 이렇게 무지한 머리로도 신산스러운 삶을 잘 견뎌온 발이 참 대견스럽다.

장갑처럼 생긴 무좀 양말을 발가락 하나하나마다 끼우려면 눈사람처럼 들러붙은 이웃발가락들부터 떼어내어 공간을 확보해야 한다. 자연스레 붙어있는 것들을 억지로 떼어내어 사이를 벌려놓으면 처음에는 어색해서 자꾸만 꼼지락꼼지락 발가락을 움직이게 되기 마련이다. 하지만 시간이 흐르면 서먹함은 사라지고 오히려 편안함이 자리 잡게 되는 것이다. 처음엔 익숙하지 않는 거리가 서운함을 불러들일 수도 있지만 그러한 거리가 오히려 건강한 관계를 오래도록 유지하는 바른 길이다.

무좀은 바로 인내의 싸움이다. 우선 발을 하루 1회 이상 깨끗하게 씻고 그 후에는 통풍을 잘 시켜 발가락 사이까지 잘 말리고 건조하게 유지해야 한다. 땀은 빨리 닦고 양말을 신어 신속하게 흡수해야 한다. 물론 신은 통풍이 잘되는 것이 좋고 낡은 신발이나 남이 신던 신발은 가급적 피하는 것이 안전하다.

삶의 곳곳에서 만나는 무좀 또한 늘 이렇게 긴장하고 관리하는 자세를 가지지 않으면 언제 기습을 당할지 모른다. 발가락과 발가락 사이에도 신선한 공기가 들고날 수 있는 적당한 거리가 필요하듯이 사람과 사람 사이에도 아름다운 거리가 꼭 필요하다. 너무 멀어지면 무관심이란 벽이 쌓이고 너무 가까우면 무좀처럼 반갑지 않은 불청객을 만나야 한다.

무좀은 치료가 끝난 후에도 신발이나 양말 등에 남아있는 곰팡이균에 의하여 재발하는 경우가 많으므로 항상 주의를 요한다. 다행히도 아이들은 피부재생능력이 뛰어나 무좀균이 들어오더라도 자생적으로 막아내는 능력이 있다고 한다. 이것은 아마도 신이 부여한 선물이 아닐까? 금방 만난 사이에도 친구가 되어버리듯 사람과 사람 사이에 불필요한 거리를 만들지 않고, 돌아서면 그 친구에게만 집착하지 않는 아름다운 거리를 유지하는 비결이 아이들에게는 있으니. 특히 부부는 나이가 들수록 좋든 싫든 둘이 함께할 시간이 크게 늘어난다. 젊었을 적에는 바쁘게 사느라 서로 점점 멀어지는지도 모르는 사이 시나브로 사이를 벌려가다 문득 은퇴 후 갑자기 갖게 되는 공동의 시간 속에서 그 거리를 감당하지 못해 황혼 이혼하는 경우가 있다. 물론 그간에 너무 많이 벌려 논 거리가 종종 원인이 되기도 하지만.

안개에 의해 자연스레 만들어진 거리가 주는 아름다움. 때론 너무 가까이서 속속들이 파헤치기보단 적당한 가림에 의한 미지의 세계를 두는 것이 삶의 신선함을 유지하는 비결일 수도 있다. 아름다운 거리. 이것이야말로 사람과 사람 사이에 있어야 할 소금 같은 존재가 아닐까?

관솔옹이

고목에 꽃이 피어 있다. 그건 분명 고목에 피어난 꽃이다. 처음에는 내가 뭘 잘못 본 것인가 눈을 의심한다. 하지만 분명 고목에 핀 꽃이다. 혹시 조화인지 더욱 가까이 다가가 살펴본다. 탐스러운 자태를 자랑하며 피어난 것은 분명 난이다. 우아하고 단아한 빛을 내는 하얀색 난이 살며시 미소를 머금고 있다.

난을 받쳐주고 있는 나무 또한 모형이 아니다. 그것은 산에 가면 지천으로 널린 관솔이다. 세월의 풍파를 모두 이기며 푸르름을 자랑하던 소나무의 마지막 모습인 관솔이다. 관솔은 송진이 엉겨 붙은 소나무의 옹이 부분을 이용해서 만든다. 버려진 관솔이 다시 생명을 얻은 것이다. 날이 저무는 해거름에 보면 오소소 떨고 있는 모습이 오싹하기만 하던 관솔의 서글픈 노년이 저렇게 멋지게 피어나다니 입을 다물 수가 없다.

소나무의 중심에 깊이 옹이가 박혀 송진을 품어냈던 관솔옹이를 보며 문득 바싹 타들어가던 할머니의 모습이 떠오른다. 오늘도 그곳에 계실까. 한 번 뵙고 싶지만 용기가 나지 않는다. 할머니가 그곳에 계속 계셔도 이미 그곳을 떠나셨다 해도 어느 쪽도 다행으로 여길 수 없기 때문이다. 눈물을 안으로 삭이며 항상 부드러운 미소를 잃지 않으셨던 할머니의 모습이 떠올라 가슴 한 쪽에 싸한 파도가 몰려들었다.

중환자실에서 처음 본 할머니는 아들의 곁을 지키고 있었다. 단정하니 자른 머리에는 드문드문 흰 머리카락이 비쳤다. 하얀 물수건으로 아들의 손을 닦고 있었다. 간간이 낮은 목소리의 대화가 오고갔다. 침상 곁에는 커다란 산소통과 장비가 처음부터 자신의 자리인 듯 버티고 섰다. 눈을 감았다 떴다 하는 아들의 얼굴을 물끄러미 바라보고 있는 할머니는 늘 미소를 잃지 않으셨지만 그 뒷모습에는 겨울바람이 느껴졌다.

중환자실에는 거의가 인생의 종말을 준비하는 칠순을 넘긴 노인이나 불치로 인정된 말기암환자들이 있었다. 할머니의 아들은 이제 겨우 스물은 넘겼을까 싶게 젊고 인물도 참 좋았다. 얼굴에서 풍기는 온화한 미소나 맑은 목소리로 보아선 심성도 유순한 사람인 거 같았다. 그런데 저렇게 젊은 사람이 왜 이런 중환자실에 있는 것인지 정말 궁금했다. 보나마나 아주 기막힌 사연이 있겠지만 매일 같이 한몸처럼 붙어서 간호하는 할머니를 보면 도저히 물어볼 엄두가 나지 않았다.

그러던 어느 날 물을 가지러 복도에 나갔다가 할머니를 보게 되었다.

"이제 더 이상 오지 말라니까. 이러면 서로가 괴로우니 네 길 찾아 떠나."

여느 때와는 달리 할머니의 목소리에는 굳은 의지가 담긴 듯 힘이 들어가 있었다. 그 말을 듣고 있는 젊은 아가씨의 어깨가 조금씩 들썩

거렸다. 복도에서 보니 좀 심각한 대화를 나누고 있는 것 같아 그냥
지켜보기만 했다. 아가씨는 분명치 않은 발음으로 뭐라고 울먹울먹
하더니 얼굴을 가리고 뛰어갔다. 아마도 아들을 찾아온 사람인 거
같았다.

　며칠 후 중환자실을 들어서는데 이번엔 할머니가 병상에 누워있었
다. 그냥 잠시 걸터앉아 있는 게 아니라 발에 붕대를 하고 있었다. 웬일
인지 사정을 들어보니 어제 가벼운 접촉사고를 당했다고 하셨다. 그러
면 병실에 입원하거나 집에서 쉬시지 왜 여기 있냐 하니 아들이 떨어지
지를 않아 걱정이 돼서 다른 곳에서는 편히 누워있을 수가 없다고 하
셨다. 마음껏 아프고 싶어도 저 녀석 때문에 빨리 일어나야 한다며 쓴
웃음을 짓는 할머니 얼굴에는 원망이라곤 조금도 없었다. 그렇게라도
하루라도 더 아들의 곁을 지킬 수 있는 것을 다행으로 여기는 것 같
았다.

　막내라서 유난히도 어머니를 따르던 아들이라 그런지 병상에 누워서
도 어머니만 찾았다. 아버지가 교대로 오긴 하지만 눈앞에서 어머니가
안 보이면 너무나 불안해하는 아들 때문에 할머니는 병원에서 먹고 자
고 했다. 그런데 이제는 당신 몸이 불편한데도 아들의 침상을 지키고
있었다.

　할머니의 가슴엔 이미 커다란 응어리가 만들어져 있을 것이다. 나이
든 아들도 아니고 결혼도 안 한 젊은 아들이 누워있는 모습을 매일
같이 바라봐야 한다는 건 할머니에겐 정말 못할 일이다. 밥조차 먹을
수 없어 호스를 통해 미음을 넣어줘야 하는 아들을 그저 지켜보기만
해야 하는 할머니의 심정은 감히 상상이 안 되었다. 할머닌 아직 살아
숨 쉬고 있지만 이미 죽음으로 걸어가고 있단 느낌이었다. 그저 아들

을 위해 남은 숨을 몰아쉬고 있을 뿐 잔잔한 미소와 어울리지 않게 할머니의 몸은 바람이 모두 빠진 허깨비 같았다.

탕수육이 배달되었다. 여기 입원한 시어머님의 수발을 들고 있는 간호사와 함께 할머니를 불렀다. 당신은 괜찮다며 한사코 손사래를 치는데 억지로 보호자실에 모시고 와서 자리에 앉혔다. 할머니도 잠시만 쉬시라며 음식을 권했다. 연세와는 달리 소녀처럼 수줍어하며 엷은 웃음으로 몇 번을 더 사양하다 겨우 젓가락을 드셨다. 음식을 먹다 환자들의 얘길 하다 보니 자연스레 대화는 아들에게로 넘어갔다.

할머니의 아들은 정말 착하고 반듯한 사람이었다. 어느 날 자신의 잘못으로 교통사고를 내서 상대방을 병원에 데리고 다니면서 뒤처리를 다 하고 보름쯤 지나서야 자신도 병원을 찾았다. 특별히 아픈 곳은 없었기에 간단한 검사만 하고 돌아왔다.

문제는 일 년 후부터 나타나기 시작했다. 서서히 팔이 저리더니 다리도 저려오고 감각이 무뎌지기 시작했다. 유명하다는 병원은 다 찾아다니며 검사를 해보았지만 정확한 병명은 나오지 않고 몸은 점점 굳어가기 시작했다.

그렇게 병원만 돌기를 삼 년. 이젠 큰 병원의 병원비를 감당하기 어려워 이렇게 작고 초라한 병원에서 일상을 맞고 있었다. 지금도 산소호흡기만 빼면 바로 저 세상으로 가는 상태였다. 생각 깊은 할머니는 결국 당신 아들이 결혼까지 약속했던 여인에게 자기 길을 찾아가라고 해서 이별을 시켰다.

관솔옹이는 나무줄기에 붙어있던 가지가 남긴 흔적이다. 나무가 만들어낸 가지가 어디 한둘이겠냐만 위층에 있는 가지들에 밀려 피압(被壓, suppressed)된 가지가 만들어낸 관솔옹이는 결국 삶의 흔적이다.

자신이 살다간 흔적을 그렇게 가지의 밑동이 줄기 속에 파묻어 관솔 옹이가 되는 것이다. 할머니의 자식으로서 당신 속에 깊이 뿌리를 내리고 한몸이 된 아들처럼.

관솔옹이를 몸으로 삼아 환하게 피어난 단아한 난 속에서 나는 할머니의 미소를 본다. 어두운 밤을 환하게 밝혀주는 관솔불처럼 따스한 사랑으로 아들의 곁을 지키던 할머니의 모습이 거기에 있다. 비록 바라지 않는 모습의 아들이지만 그렇게라도 곁에서 영원히 살아있기를 바라는 것이 할머니의 바람일 것이다.

아니 어쩌면 아직은 살아있는 아들로 인해 할머니는 다시 생명을 얻은 것인지도 모른다. 관솔의 서글픈 노년이 멋지게 다시 피어나듯이 할머니는 아들 앞에서 나약해지지 않기 위해 더 당신을 다잡고 있을지도 모른다.

이제 난 그 병원에는 갈 일이 없지만 문득문득 할머니의 얼굴이 떠올라 궁금하다. 하지만 찾아갈 용기도 나지 않는다. 만약 아들이 죽어서 이미 할머니의 곁을 떠나기라도 했다면 내내 그 가슴에 박혔을 옹이 생각에 잠을 못 이룰 것 같다. 그저 내 기억 속에라도 아들의 곁을 지키던 할머니의 모습으로 오래도록 남겨두고 싶다.

오케스트라

:

참 오랜만이다. 느긋하게 소파에 누워 음악을 감상한 게 언제였던
가. 스피커를 통해 흘러나오는 베토벤 교향곡에 눈을 감고 흠뻑 취한
다. 바이올린과 비올라가 전하는 전원의 평화로움이 오케스트라의 선
율로 온몸에 스며든다. 시냇물소리와 함께 들리는 새소리, 현악기를
중심으로 함께 어우러지는 목관악기와 타악기의 조화가 만들어낸 세
계로 빠져든다.

가만히 듣고 있노라면 귀머거리가 되고나서도 음악에 대한 열정을
불태웠던 베토벤이 떠오른다. 그는 나무로 만든 자의 한쪽 끝을 이로
물고, 다른 쪽은 자신이 치는 피아노 음의 줄에 갖다 대어 그 피아노
음의 진동을 이로 느끼면서 작곡을 계속하였다. 그리곤 인간과 자연의
조화를 음악으로 표현하며 오케스트라를 이끌었다.

오케스트라 연주를 배경으로 삼아 남편의 생일준비를 위해 오랜만
에 잡채를 만든다. 전에 살던 동네에선 종종 잡채를 만들어 윗집, 옆

집 나누어 주며 살았다. 대형 프라이팬 가득 잡채를 만들어 이집 저집 다 나눠주면 정작 우리 집에는 한 접시 정도밖엔 안 남았다. 남편은 그런 내게 사서 고생을 한다며 이해하기 어렵단 표정을 지었다. 즐겨 먹지도 않는 잡채에 난 왜 그리 집착하고 있을까.

지휘자가 오케스트라 합주의 구성을 짜듯 먼저 잡채에 넣을 재료들을 정한다. 잡채의 아삭함을 살려줄 당근과 파프리카를 씻어두고, 시금치는 잘 다듬는다. 버섯은 물에 불리고 어묵은 한 번 헹궈 기름기를 뺀다. 물먹은 재료들이 잘 닦은 악기처럼 반짝반짝 윤이 난다. 재료들을 모아서 자르려고 하니 달려오는 과거가 있다.

"이게 정말 잡채할 거라고 썬 거니?"

집들이 준비를 도와주러 온 친구가 잡채를 하려고 썰어둔 재료를 보고 한마디 던졌다. 내가 말릴 사이도 없이 친구는 큼직큼직하게 썰린 재료들을 다시 두 조각내지는 세 조각으로 분리하는 칼질을 시작하였다. 참 아득하기만 했다. 입으론 온갖 잔소리를 늘어놓으며 손은 바삐 움직이는 것 같지 않은 그 친구 탓에 다섯 시간이라는 시간을 투자하고야 겨우 잡채 하나를 완성할 수 있었다.

태어나서 밥도 한 번 안 해보고 결혼한 내게 집들이는 참 난감한 일이었다. 두부찌개 끓이는 법을 남편에게 배우고, 김치 담그는 법을 요리책에서 배운 내게 아직 주방도, 둘만의 삶도 낯선 세계였다. 남편은 그런 나를 배려한다고 저녁은 먹고 올 거니까 아주 간단하게 술안주만 차리라고 했었다.

그런데 날이 좀 흐려진다 싶더니 가느다란 비마저 내렸다. 준비에는 아랑 곳 없이 손님들은 일찍 도착했고 계획과 달리 밥도 안 먹고 왔다. 황당함에 빠져있을 겨를도 없이 밥을 하고 급조할 수 있는 반찬들을 준비했다. 결국 안주로 준비한 음식들이 밥상에 오르고 시장기 덕에 잡채는 다섯 시간 준비한 보람을 마음껏 발휘하며 입속으로 사라졌다.

잠시 생각을 접어둔 채, 잘근잘근 씹을수록 맛이 우러나도록 고기는 미리 양념을 한다. 어묵, 당근, 파프리카는 얇게 채를 썰어 볶는다. 시금치는 살짝 데쳐서 간을 하고, 맛살은 잘게 쪼개두고, 버섯과 함께 살짝 볶는다. 고기는 눋지 않게 약한 불에서 볶는다.

지글지글 볶는 소리와 함께 지휘봉의 가녀린 끝을 따라 한 치의 어긋남 없이 움직이는 오케스트라의 연주가 계속된다. 플루트가 만들어 내는 꾀꼬리소리, 오보에의 메추리소리, 클라리넷의 뻐꾸기소리를 뛰어넘는 자연의 소리가 어우러진다. 피콜로, 트럼본, 팀파니 등이 가세되어 멀리서 울려오는 천둥소리가 가까워 오면서 폭풍우가 몰아치고 번개가 번쩍이며 장대 같은 폭우가 쏟아진다.

음악에 맞추듯 부글부글 냄비 가득 끓어오르는 물에 당면을 넣으면 잠시 폭풍우 같은 부글거림은 진정되고 뻣뻣하던 당면이 흐물해진다. 다시 한 차례 거품이 끓어오르면 차가운 물을 한 그릇 부어 진정시킨다.

마지막으로 알맞게 삶은 당면에 온갖 재료들을 올려두고 맛있게 간을 해서 버무린다. 고기든 야채든 빨강이든 초록이든 그 속엔 각각이 아닌 잡채라는 이름 아래 하나로 어우러지는 오케스트라가 있다. 하나하나의 개성적인 선율보다 화합이 있고 조화가 살아있다.

그 조화 속에서 동서의 얼굴을 떠올린다. 동서는 참 음식솜씨가 좋았다. 시동생이 요리를 잘 해서 상세히 가르쳐 준 덕도 있지만, 시골 살림에 익숙해서 뭐든 나서서 척척해냈다. 그 중에서도 잡채는 최고였

다. 갖은 채소를 골고루 볶고 마지막에 당면과 함께 그득하니 버무리
는 동서의 모습은 개선장군처럼 당당했다. 그럴 때마다 난 동서가 참
든든한 맏며느리 같다는 생각이 들었다.

원래 담백한 걸 좋아했던 나는 요리에 된장도, 간장도 잘 안 쓰고
조미료도 사용하지 않았다. 그런데 입만 살짝 대도 무슨 재료가 빠진
지 잘 아는 시동생과, 조미료를 많이 쓰는 시어머니가 계시는 시골에
가면 자연히 요리에서는 뒤로 물러날 수밖에 없었다. 그런 내게 동서는
잡채처럼 시댁과 잘 어울리는 사람이란 생각이 들었다. 잡채를 쓱 버
무려 동네에 나누어 주면 어르신들은 칭찬에 입이 마른다. 그러면 또
한 번 동서는 어깨를 펴고 함박웃음을 짓는다. 어쩌면 그런 동서가 부
러워 잡채를 자주 만들어 그것이 주는 풍성함과 나눌 수 있는 기쁨
을 즐기고 있는지도 모르겠다.

요리를 하다보면 나는 이미 베토벤의 비창 소나타를 연주하던 어린
시절로 돌아가 그의 곁에 있다. 지휘봉을 잡고 베토벤의 흉내를 내던
내 모습을 보다 잡채 속에서 살아 숨 쉬는 내 삶을 들여다본다. 잡채
에는 어울림이 있다. 개성이 다른 각각의 재료들이 만들어내는 화음
이 있다. 제각각의 자리에서 자신의 소리를 내지만 하나로 어우러져서
아름다운 화음을 만들어내는 오케스트라 연주처럼 하나로 잘 어울릴
줄 아는 음식이었다.

그런 어울림을 잘 만들어내기 위해서는 지휘자처럼 각 재료에 대한
파악이 필요하다. 어떤 것은 데치고 어떤 것은 볶고 어떤 것은 버무리
기만 해야 하는 재료들의 개성을 잘 파악해야만 제 맛을 살릴 수 있
다. 그리고 함께 어울려 화음을 만들어내지만 결코 자신의 개성을 잃
지는 않게 하는 그곳에 바로 지휘자의 능력이 숨을 쉬는 것이다.

생각해 보면 낯선 세계에 던져진 내게 잡채는 참 버거운 음식이었다. 각각의 개성을 살리면서도 모두를 어우를 수 있는 힘이 내겐 아직 없었다. 다섯 시간을 쏟아야 할 만큼 결혼 새내기였던 친구들도 그 점에선 마찬가지였을 것이다. 그런 낯설음이 나를 더욱 뒷걸음치게 했고, 나를 점점 어울림에서 멀어지게 했던 것이다.

이제는 두 시간이면 잡채를 만들어 낸다. 역시나 시간이 오래 걸리는 음식이라 쉽사리 만들진 못한다. 그래도 내가 만든 잡채를 이젠 다른 사람들도 맛있게 먹는다. 이제 나도 내 오케스트라의 당당한 지휘자가 될 수 있을 것 같다.

추석, 할머니 생각 1

"공부 열심히 해래이 엄마 애달구지 말고"
할머니가 할 줄 아는 유일한 말

한 번도 못 봤어도
엄마아빠 얘기 속에 살아와서
늘 나를 지켜주는 할아버지처럼
할머니도 내 마음에 문지기 된다

할머니 옷을 다 태워도 할머니 이불을 다 태워도
할머니 목소리는
내 속에 살아계신 할머니는
화상도 안 입고
불길 따라 활활 커져만 간다.

추석, 할머니 생각 2

보름만 있으면 추석인데
대추나무 열매가 조롱조롱 열렸다
언니 머리 내 머리도 비밀이 주렁주렁 열렸다

잘 생긴 놈, 빛나는 놈
고르고 골라
베레모가 불룩이 살이 찌면
발걸음도 가볍게

"엄마, 추석에 쓰라고 대추 땄어."
자랑스런 마음으로 대추를 내미니
"어머, 어디서 이런 걸 땄니?"
환한 웃음으로
신난 듯 아빠에게 전하네

차례상에 반질반질 자랑스레 올라있을 파란 대추들

"우리 손녀 최고다!"
할머니 웃음소리 박수소리

그리고 세워진 엄지손가락
한걸음에 달려와

내 맘은 이미 추석이다.

추석, 할머니 생각 3

흰 수염의 누렁이도
앞니 빠진 할머니도
모두 떠난 시골집

뼈만 남은 마른 가지
입 벌어진 장작
텃밭에서 늦잠자다 불려나온 고구마
네모난 화덕 위에 타닥타닥 사이좋게 누웠네

타오르는 불길 앞에 언니 동생 모두 모여
도란도란 옛이야기 풀어내니
따스한 손길로 내 얼굴을 감싸고
내 온몸을 감싸며 살아오는 얼굴

까아만 잿속에서 건져내온
노릇노릇 군고구마

한 입 한 입 베어 물면
할머니 할아버지 여기 모두 모였네.

추석, 할머니 생각 4

들오는 이 나가는 이
방문만 열면 온 동네가 다 보이는
담도 없는 할머니댁

클랙슨을 눌러도 아무도 없네
헤드라이트 환히 켜도 아무도 없네
하이얀 수염 누렁이도 없네
방 안에 드러누운 먼지만이 부스스 일어나 인사를 하네

주인 잃은 감나무는 때 지난 홍시를 떨구고
화분으로 변한 절구 속에
할머니 미소 닮은 국화 혼자 웃고 있네.

할머니 손

울퉁불퉁 파란 심줄
골 따라 흐르고
거칠거칠 허연 각질
비늘 되어 떨어지는

머릿결에 실리는 우리 착한 강아지
엉덩이에 실리는 아이구 내 강아지
세뱃돈에 실리는 공부 잘 해라
온몸을 감싸 안는 아유 춥지

말도 못해 귀도 안 들려
내 마음을 전달하는 집배원인
손

새하얀 병실에서 홀로 깨어 기다린다.

할머니 생각

할머니 가신 뒤에
나는 겨우 알았네
다시는 쪼글쪼글 그 얼굴도 못 보는 걸

ㄱ자로 꼬부라져 l자 한 번 못 만드는
주인 따라 구부러진 나이 든 감나무
홍시 하나 못 따놓고
하루 종일 기다린 맘
나는 겨우 알았네

초록 다홍 새색시 사뿐 고운 발걸음
첫아들 나았다고 어깨 힘 준 미역국
기다리던 손자 입에 한 술 한 술 감홍시
재깍재깍 달리는 시계 따라 기억을 돌린 맘도
나는 겨우 알았네

아삭아삭 상추며 풋고추 캐놓고
빨갛게 입 벌린 홍시 하나 따들고
먹여주고 받아먹는 시간을 돌리는
할머니 자리에 아빠가 앉은 맘
나는 겨우 알았네.

노루, 할머니 되어

노루가 우리 집에 왔다.
앙상한 뼈만 남아
두리번두리번 엄마를 찾고 있는
아직은 아기 노루

할머니 산소 옆 수로에서
아빠가 건져온 상처 입은 노루
키울 것도 아니면서
두고 올 수 없던 노루

동물보호협회만 기다리다
아니 아니 엄마만 기다리다
아니 아니 혼자는 외로워서
하늘나라 가버린 노루

텅 빈 큰 집에서

보고 싶어도 만나고 싶어도
우리 강아지 우리 강아지
혼잣말만 하다가 산소 간 할머니

할머닌 줄 알았는데
할머니가 살아온 줄 알았는데
우리 강아지들 보고 싶어
노루 되어 다녀간 줄 알았는데.

아무것도 몰라

"저렇게 사느니 죽는 게 낫지"
문병 오는 사람들은 아무것도 몰라
간병인 아줌마도 아무것도 몰라

먹는 것도 입는 것도 자는 것도
혼자서 되는 게 하나 없어도
손을 잡고 발을 잡고 다리를 주물러도
천정만 멀거니 바라보아도

할머닌 하루 종일 나만 기다려
학교 얘기 엄마 얘기 동생 얘기
귓속말로 전하면
도르르 두 눈에 구르는 할머니 마음

나는 벌써 보았는데
나는 모두 보았는데

어른들은 몰라 아무것도 몰라.

씨앗

부드러운 칭찬 양식
화사한 미소 우물
따스한 빛으로
정성을 담아

한 구멍 한 구멍 뿌린 씨마다
마음과 마음으로 키우는
나는 엄마의 씨앗이래요.

얼굴만 떠올려도 울먹울먹
이름만 불러도 글썽글썽

할머니도 엄마에게 씨앗을 심었나?
눈물로 만든

가자미

굵은 무 깔고 누워 하늘 보는 가자미
파 마늘 고춧가루 갖은 양념 이불 덮고
가슴을 쑥 내밀었다

하이얀 살점 사이로 X-레이 사진처럼
삐죽삐죽 드러난 등뼈
서슴없이 나가던 젓가락이
접시 앞에 흠칫 멈춘다.

버얼건 소독약으로 화장을 하고
굽은 등에 베개 받쳐
새 가슴 된 할머니가 식탁 위에 누워있다.

내 그림자

바람처럼 문이 열리고
아빠가 사라지면
멍하니 하늘 보던 엄마는
가만히 방으로 간다

딸그락 소리 날까
발걸음도 조심조심
숟가락도 조심조심
내 심장은 콩닥콩닥
돌이 하나 얹혔다

건드리면 툭하고
눈물이 터질 듯한
엄마의 얼굴을 뒤로 하고 걸으면
학교 가는 그림자엔
엄마 얼굴이 따라온다.

절뚝절뚝
다리를 절다
눈물 꼭꼭 찍으며
따라오는 내 그림자

노래 따라 날아라

땡땡땡 때댕땡
시작종이 울렸다
약속처럼 몰려가네. 소리 푸는 음악시간
피아노 버티고 앉아 몸 풀기를 시작하네

도시라솔 파미레도 내려가는 소리만큼
십구팔칠 육오사삼 내려가는 수학성적
난 몰라
나도 몰라
내일이면 다르겠지

도레미파 솔라시도 소리들이 올라가면
올라가는 소리만큼 따라나는 내 마음
올라라
내 성적도
소리 따라 올라라

지우고픈 시험지, 찡그린 엄마 얼굴
그림자로 따라붙는 잔소리에 단속 대장
훠얼훨
높이 날아라
노래 따라 날아라.

운동회

준비, 땅!
까아만 눈동자 열두 개가
앞만 보고 달려간다

집채만한 호랑이가 따라오나
머리 푼 달걀귀신 따라오나
아수라장 목소리들 헤치고
앞만 보고 달려간다

엄마 목소리가 달린다
엄마 얼굴이 달린다
뛰어가는 내 발보다 더 빨리
하늘을 날아올라
엄마 맘이 먼저 달려 나간다

뒤에서 2등

그대로 달리는 내 가슴을
커다란 엄마 가슴이 맞아준다

쿵쿵 뛰는 숨소리가
잘 했다고 잘 했다고
아주아주 잘했다고
다독다독

내게 하는 거짓말

아유아유
팔이야
하나, 둘, 셋, 넷……
열하나, 열둘, 열셋, 열넷

여자 친구 책상에만
초대장이 날아간다.
휘리릭 휘리릭

오늘은 엄마 대신
언니가 엄마
찰칵찰칵
왕관 쓴 나는야 주인공

문이 한 번 열리면
자동으로 따라가는

내 눈동자

세트로 쓴 왕관처럼
음식도 세트로
입보다 큰 햄버거가
악어 입을 만든다

네가 크나
내가 크나
키 재기 바쁜
생일축하 노랫소리

풍선놀이
쥐를 잡자
디비디비딥
시계가 바쁘다

"엄마가 못 가서 미안해"
멀쩡한 얼굴로
"괜찮아. 내년엔 꼭 와"

정말 괜찮다고
다독다독
내게 하는 거짓말

엄마랑 나랑

엄마랑 나랑
수학 문제를 풀면
1, 2, 3, 4 숫자가
음표 되어 날아오른다

더하기 빼기
아무리 어려워도
"우리 아들 천재야"
엄마 목소리는
내 어깨에 가벼운 날개를 단다

"맞았다"
내가 치는 박수소리는
북장단이 되어 웃음꽃을 피운다.

무궁화 꽃이 피었습니다

무궁화 꽃이 피었습니다.
구름이 한 발짝
걸음을 옮겼다

해님이 잠깐 눈 돌린 틈을 타
바람이랑 한 편인 구름이
성큼성큼
걸음을 옮겼다

심술 난 해님
구름을 밀어내고 얼굴을 쑤욱 내미니
먹구름 한 떼 몰려
눈을 가려버린다

'쨈'하고 도망치는 구름
'그만'하고 기회 보는 해님

노을은 뉘엿뉘엿
무궁화 꽃이 피었습니다.

제3부
낙타, 늪에 빠지다

낙타와 낙타풀

낙타는 고비사막을 걷는다. 어디로 가야 한다는 의식조차 힘겨운 듯 습관처럼 발걸음을 옮긴다. 이곳은 7월, 태양이 내리쬐는 온도는 40도 이상이다. 고비사막 중에도 강우량이 가장 적은 서쪽지역을 걷고 있다. 사위를 둘러봐도 물 한 방울 찾을 수 없다. 잿빛이 섞인 갈색의 메마른 땅에는 식물이 거의 자라지 않는다.

오아시스까지는 아직 반도 오지 않았다. 내리쬐는 태양을 나눠가질 동행도 존재하지 않는다. 물먹은 스펀지처럼 무거운 발이 중심을 잃고 이리저리 휘청거린다. 쏟아지는 햇볕도 건조한 바람도 오롯이 낙타의 몫이다. 사방이 모래바람으로 눈물마저 모래를 서걱거릴 때 거기서 낙타는 낙타풀을 발견한다.

모든 것이 모래 빛인 사막 가운데에 홀연히 자리한 초록의 생명체다. 이미 낙타의 몸속 수분과 혹 속에서 분해한 지방까지 바닥나버렸다. 낙타를 일으켜 세울 것은 오직 낙타풀뿐이다. 그러나 선뜻 다가설 수 없다. 수분을 머금은 낙타풀에는 수많은 가시가 존재하기 때문이다. 하지만 눈앞에 선연히 그려지는 오아시스를 생각하면 포기할수 없다.

결국 낙타는 낙타풀을 삼킨다. 이것이 자신을 살리는 생명수인지조차 의심스러운 고통의 풀을 삼킨다. 풀 사이에 머금은 몇 방울의 물을 얻기 위해 낙타는 피를 흘리며 낙타풀을 삼킨다. 입 안 가득 생채기를내며 피비린내가 진동을 한다. 낙타의 눈은 어느새 통증으로 신음하고 있다. 낙타의 고통스런 눈 속에서 나를 발견한다.

"제발 내 인생에 태클 걸지 말란 말이야."

책상 위에는 아이들의 영어 선생님이 두고 간 메모가 놓여 있었다. 숙제도 제대로 하지 않았고 평가 결과도 엉망이었다. 아이의 성적이 아닌 엄마의 성적표가 놓인 것만 같았다. 순간 쥐가 날 듯한 머리를 흔들며 아이를 향해 소리를 질렀다. 나도 모르게 튀어나온 말 때문에 나마저 놀라버렸다. 다음 순간 그것이 본심이란 생각에 가슴 한구석이가시에 걸린 듯 찔렸다.

"언제까지 너희들 뒤치다꺼리나 하고 살아야 하냔 말이야? 나도 이제 숨 좀 쉬고 살자고, 제발."

아이의 얼굴을 보자 바닥까지 내려간 시험 생각에 심기가 불편해졌다. 내게 주어진 일만으로도 벅찬데 세 아이들 공부까지 신경 써야 하는 내 처지가 원망스럽기만 했다. 이럴 땐 남편의 도움이 간절히 필요하지만 반기지 않는 공부를 시작한 나로선 앓는 소리를 내는 것조차자유롭지 못했다.

아이가 무슨 죄인가 싶으면서도 번번이 발목을 잡는 아이의 성적에

열이 올랐다. 점점 더워지는 몸 때문에 갈증이 났다. 그저 내 공부가 끝날 때까지 보통이라도 좋으니 대충 견뎌주기만 바랐는데 그것마저 무너졌다. 이럴 때마다 늦게야 공부를 시작한 내게 화살이 날아올까 지레 신경이 날카로워졌다.

겨우 마음을 추스르고 책을 꺼냈다. 마음은 온통 사흘 후에 제출할 과제에 쏠려있는데 눈은 내일 수업 준비를 위한 책을 따라 읽고 있었다. 같은 줄을 몇 번이고 읽고 또 읽는데도 보이지 않는 벽이 가로막고 있기라도 한 듯 내용이 하나도 머리에 들어오지 않았다.

머리를 흔들며 또다시 집중해 보지만 태양을 받고 선 듯 어지러울 뿐이었다. 벌써 몇 달째 같은 증상이 반복되었다. 시계의 움직임을 따라 입술이 바짝 타들어갔다. 벌써 12시가 훌쩍 넘었다.

함께 공부하던 만학도들은 중도에서 그만 두었다. 아이가 영재 반에 뽑혀서 아이의 뒤를 밀어야겠다며 미련 없이 떠난 사람, 공부를 할수록 열등감이 더 커져서 싫다며 떠난 사람, 학비가 너무 부담된다며 결국 포기한 사람, 동기 중에 지금까지 남은 이는 나뿐이다. 한 사람씩 떠날 때마다 흔들고 가는 모래폭풍의 위력을 견디며 여기까지 왔다.

마음 같아선 잠시 일을 접고 마음껏 공부만 하고 싶었다. 하지만 그렇게도 할 수 없는 처지였다. 십 년 전에 무리를 해서라도 큰돈을 벌어 빨리 공부를 해야겠다고 욕심을 부린 적이 있었다. 하던 일을 크게 확장했지만 오히려 큰 빚을 남기고 끝나버렸다. 꿈을 위해 현실에 빠져 살았던 그때도 사실은 그 꿈에 빠져 현실을 제대로 받아들일 수 없었던 것이다. 결국 지름길로 가려던 것이 더 먼 우회로가 되고 말았다.

생각해 보면 현실은 나에게 이미 불가능을 선고했지만 내가 포기하기 전에는 끝난 게 아니라고 억지를 부리는 건지도 몰랐다. 나의 오아시스를 찾기 위한 시간이라 믿었던 기나긴 날들이 결국 오아시스와 멀어지는 시간의 연속이었는지도 모르겠다.

이미 돌아가고 싶은 원점은 내게 존재하지 않았다. 그런데 여기서 포기한다면 잃어버리는 건 꿈만이 아니었다. 바로 현재. 꿈을 이루지 못했다는 이유만으로 과거와의 인연을 끊고 산 내 현재들도 다 사라지는 것이다. 그러면 내 청춘을 바친 지난 시간들이 물거품이 되고 만다.

"내가 보기에 당신은 그쪽에 소질이 없어. 소질이 있다면 그렇게 힘들지 않다고, 포기해."

동행이라 여겼던 남편마저 가시로 박힐 무수한 말들을 남긴 채 다른 길을 찾아 돌아섰다. 스스로 악인이 되더라도 힘든 길을 가려는 내가 안쓰러워 그러는 걸 안다. 어쩌면 그의 말처럼 내 오아시스는 이미 고갈되고 없을 가능성도 충분하다. 그래도 그건 이십 년의 공백이 가져온 일시적인 시련일 뿐이라고 위로하고 싶었다.

사실이 그게 아니라 해도 지금 여기서 굴복한다는 건 이십 년을 쓰레기통 속으로 처넣는 일일 뿐이다. 비록 고갈되어 아무것도 줄 수 없는 오아시스의 실체를 보게 된다 해도 확인하기 전까진 난 아무것도 포기할 수 없었다. 그것만이 지금 내가 생각할 수 있는 유일한 진리였다. 여기서 잠시 손을 놓는다 해도 지금껏 그랬듯이 결국 앞으로도 다시 나는 오아시스를 찾아 헤맬 거라는 걸 알고 있었다.

낙타는 지금 가장 메마른 고비사막을 지나고 있다. 바위나 자갈이 많은 구릉지도 문제없는 단단한 발바닥이 있어 지금껏 견뎌왔다. 하지만 출발 전에 섭취한 음식은 이미 고갈되어버렸다. 오아시스는 그림자조차 보이지 않는데 벌써 기진맥진이다. 며칠 동안 물을 마시지 않고도 살 수 있지만 이제 한계치에 도달한다. 정녕 이것이 끝인가. 뜨거운 모래사막에 내 지친 몸을 누이는 것으로 이제 그만 끝임을 인정해야만 하는 것인가.

그때쯤에 낙타풀이 나타났다. 물보다 더 많은 붉은 피를 흘려야 할지도 모르지만 낙타는 낙타풀을 먹어야 한다. 세상에 너를 위한 오아시스 따위는 존재하지 않는다고 모래바람이 꼬여도 온몸을 전율하게 만드는 가시의 고통을 삼키며 걸어가야 한다. 살아 온 세월처럼 미래를 향해 가야만 한다. 보이지는 않지만 저 사막 너머 어딘가에 반드시 오아시스가 있으리란 믿음으로 오늘도 나아간다. 이십 년의 공백을 채우기 위해 다시 이십 년이 걸린다 하더라도 험한 이 길을 갈 것이다. 이십 년이나 유예된 오아시스를 향해.

물

구름이 몰려온다. 무서운 속도로 꺼멓게 달려온다. 이미 하늘은 구름에 포위되어 세상을 나지막이 회색으로 덮어버린다. 날이 어두워지는가 싶더니 후드득 빗줄기가 창을 두드린다. 대지의 목마름을 말끔히 걷어가기라도 하려는지 쉴 새 없이 퍼붓는다. 숨쉬기엔 역부족인 땅들이 벌려놓은 틈으로 고랑을 이루며 바쁘게 흘러간다.

구름에 가렸던 태양이 살짝 고개를 내밀자 부지런을 떨던 물방울들이 빠르게 빛을 타고 하늘로 올라간다. 습기와 열기가 만나 세상을 하나로 아우르며 사방으로 흩어진다. 물이 만들어내는 갖가지 재주에 넋을 잃고 붙어 서서 바라보다 문득 그날을 떠올린다.

몰아쉰 숨을 내뱉듯 여인의 곡성이 터졌다. 온몸이 한 목소리로 곡을 했다. 검은 머리 사이로 드문드문 자리를 잡은 하이얀 머리가 오열했다. 조용하던 빈소에 한바탕 곡성이 훑고 갔다.

"죄 많은 막내딸 이제야 왔습니다, 아버지."

참았던 울음이 한꺼번에 쏟아지는 소리가 들렸다. 멀리 타국 땅에 있다는 이유로 자주 찾아올 수 없었던 고모의 오열에 참았던 울음이 터졌다. 고생스런 마지막 길 하루라도 단축함이 행복이라 여겼던 가족에게도 마지막 눈물을 던져줬다.

사진을 똑바로 볼 수가 없었다. 이제라도 괜찮다 하며 웃을 것만 같은데 틀니를 빼고 다문 입은 사진으로도 볼이 홀쭉했다. 불과 일 년 전만 해도 그렇게 정정했는데 역시 백수의 길은 호락호락하지가 않았다. 막내 고모의 울음소리를 듣는 내겐 자꾸만 사진이 미래의 아버지 모습으로 겹쳐져 보였다. 병상에 누워있던 할아버지의 마지막 모습도 눈에 선했다.

갈치 비늘처럼 햇빛에 반짝 몸을 떠는 은빛 가루들이 떨어졌다. 두터운 비닐을 한 겹 씌운 듯 따로 노는 거죽이 앙상하게 남은 뼈와 살을 감싸고 있었다. 진흙땅을 파헤치면 꿈틀꿈틀 자신의 존재를 알리는 지렁이처럼 얼기설기 팔뚝 위로 솟아오른 굵은 핏줄들이 요동을 쳤다.

나를 바라보는 것인지, 나를 피사체로 둔 배경을 바라보는 것인지 알 수 없는 초점 잃은 눈동자를 마주했다. 여러 번 백내장이 다녀간 듯 정체를 알 수 없는 젤리마냥 뿌우연 것이 풍경의 반을 닫아버린 커튼처럼 눈동자의 반을 덮고 있었다. 그렇게 이미 세상의 절반은 닫혀버렸으리라.

'할아버지~' 하고 나직이 부르는 소리에 잠시 눈동자가 흔들리는 듯하다 여전히 배경을 바라보았다. 입에선 온몸이 뿜어내는 침이 모여 보글보글 거품이 일었다. 껍질이 밀려나오려는 듯 잡히는 손을 살며시 거머쥐었다. 아직 온기가 남아있었다. 손과 손이 만나는 지점에 어색하게 끼인 채 밀리는 살가죽을 사이에 두고 체온과 체온이 교신을 했다. 여

기는 아무 걱정 말고 잘 가시라는 내 말에 그래 걱정 없다며 화답이라
도 하듯 마지막 남은 물기를 장심(掌心)으로 모았다.

숫기가 없어 혼자서는 학교에 가지 못하던 어린 나를 위해 할아버지
는 아침마다 함께 등교를 하셨다. 제일 끝자리에 나란히 앉아 듣는 수
업 시간 틈틈이 내 손을 꼭 잡아주신 할아버지의 손은 참이나 따뜻
하고 촉촉했다. 이제 또 그날처럼 물과 물이 만나 마음을 전했다.

마지막 온기마저 쫓아버리려는 듯 이불을 걷어차는 다리가 겨울을
맞이하려 온몸의 푸른 잎을 모두 털어내는 나무처럼 앙상했다. 수증기
로 떠오른 물기들이 병실 안을 이리저리 배회했다. 더 이상 뿌리로부터
빨아들일 양분이 없어 수액마저 바짝 타들어가는 고목처럼 마지막 남
은 몸속의 수분 한 방울까지 다 짜내야 끝이 날 것인가.

병상에 묶인 채 하루 종일 허공에 눈짓을 보내며 배경만 바라보는
눈이었다. 허기와 관계없이 시간에 맞춰 배달되는 식사를 위한 호스가
흉물스럽게 버티고 있었다. 온몸의 장기들이 협심하여 뇌의 명령을 수
락하고 있음을 보여주는 배설조차 혼자 힘으론 무리였다. 이미 삶이나
죽음을 선택할 수 있는 권리조차 주어지지 않았다.

비가 내렸다.

발인인 걸 알기라도 하는지 주룩주룩 장맛비도 아닌 것이 소리도
없이 부슬부슬 내렸다. 붙잡아 두는 것이 더 행복한 이유를 찾지 못
한 유족들은 가시는 길을 축복이라 위로했다. 그래도 마지막 가는 길
인데 나라도 함께 해야 하지 않겠느냐고 하늘이 저렇게 울어줬다. 앞
앞이 나눠준 비옷이 하얗게 고향 길을 덮었다.

촉촉이 젖은 무덤 속까지 빗방울이 문을 두드렸다. 아버지의 정액을
받아 어머니의 양수 속에서 물기 머금고 태어난 몸이 이제 그만 세상

과 하직하며 다시 물속으로 들어갔다. 마지막 남은 물기마저 저 빗속에 녹여버리려 대지의 품에 안겼다.

할아버지의 모시적삼을 닮은 하얀 국화꽃 송이송이가 관 위로 낙하했다. 반세기를 그리던 고향의 흙으로 허토(-土)를 하며 "아버지~" 하고 마지막 보내는 장남의 단말마 같은 비명에 모두가 물방울을 더했다. 칠십 평생을 함께한 부자 사이를 영원히 가르며 이승과의 인연을 걷어가는 빗속에서 나는 아버지를 묻는 나를, 나를 묻는 아들을 가만히 바라보고 있었다.

하얀 비옷 사이로 숨겨둔 눈물이 한 방울 두 방울 비가 되어 대지를 적셨다. 한 많은 아흔 일곱의 생애를 따라 일본까지 끌려갔던 끔찍한 징용의 일제강점기도 비가 되어 흘렀다. 포탄의 홍수 속에 일곱 남매를 들쳐 없고 피난 짐을 싸던 한국전쟁도 빗줄기 속에 묻혔다. 자식들의 앞날을 위해 가진 것 모두 정리하고 반세기를 넘게 보낸 고향땅을 등지던 기운 빠진 어깨도 빗소리와 함께 날아갔다.

물기의 흔적이, 추도의 눈물들이 방울방울 모여서 지하로 옮긴 집을 에워싸고 흐르는 시내로 모여들었다. 저 물은 흘러 흘러 어디로 갈까.

혈

·
·
·

"툭"하고 터졌다. 붉은 선혈이 뚝뚝 떨어진다. 새로운 생명의 잉태에 실패했음을 알리는 신호등. 그래, 너는 여자다. 잊어버렸을까 신은 말한다. 여자로 태어난 것이 불만스러운 순간, 그러나 이 역시 아직은 살아있음의 증거이거늘……

"힘주세요. 힘! 자, 다시 한 번 젖 먹던 힘까지 끙."
"끙."
거대한 용이 한 마리 똬리를 틀었다. 이젠 숨을 조여 오는 이 안락한 감옥을 탈출하고 싶다고 발버둥이다. 한 줌 한 줌 조여 오는 고통이 참을 수 있는 수위를 넘어선다.
"끙."
마지막 남은 피까지 다 빨아들여야 나올 모양이다. 건장한 체구가 가슴을 압박한다. 가슴에서부터 아랫배까지 서서히 쓸어내듯 힘을 가

한다. 힘을 쓸 수가 없다 턱까지 막혀오는 숨 때문에 힘을 쓸 수가 없다. 위에서 누르는 힘에 밀려서 나와야 할 판이다.

"으앙~."

터지는 양수와 함께 핏덩이가 쏟아진다. 벌겋게 온몸을 뒤집어 쓴 조그마한 생명이 가슴에 얹힌다. 조그마한 심장과 기진맥진한 심장이 만나서 사이좋게 뜀박질을 한다.

새 생명이 잉태되는 순간부터 아이를 품은 엄마는 진정한 여자로 거듭나는 것이 아닐까? 몸속에서 아이를 키우는 열 달, 그리고 모유를 먹이는 동안은 다달이 계시 받던 신의 메시지가 전달되지 않는다. 그 어떤 여인도 자신이 바로 여인임을 잊을 수 없는 시간이기에 친절한 전달자의 자리에서 슬쩍 비껴서는 것이다.

"사랑해."

"나도, 사랑해."

눈빛에 감전됐다. 전깃줄을 타고 얼굴이 발그레 노을을 삼켰다. 길이 120,000km, 지구의 세 바퀴 반. 온몸을 구석구석 핥고 있는 혈관의 흐름이 뚜렷이 보인다. 다가서는 손끝에 심장의 떨림이 실린다. 젊은 피가 끓고 있다. 내 몸의 난자들이 배란기를 만났다. 세포 하나하나, 내 삶이 살아서 춤을 춘다.

"그래 넌 끝까지 네가 잘했다는 거냐? 이 부모 가슴에 못 박은 건 아무렇지도 않고 너만 다 옳으면 그만이란 말이냐?"

"아버지."

고개를 떨군다. 어느 날 문득 찾아 온 당신의 자랑이고 희망이었던 막내딸의 반란. 결국 자식 이기는 부모 없다는 말처럼 끝내 자식의 뜻을 꺾지는 못했지만 당신의 가슴속에 깊이 뿌리박혔을 그 피눈물 나는 배신감. 핏덩이 같은 눈물이 덩어리져 떨어진다.

"엄마~~."

무서운 사냥개가 따라온다. 사방은 캄캄한 절벽이다. 길이 보이질 않는다. 따스한 엄마의 손끝이 닿는다. 콩닥콩닥 뛰는 가슴을 폭신한 가슴이 받아준다. 그 옛날 양수의 기억을 더듬는다.

"에이, 싫다니까."

"이거 한 번만 먹어봐라. 아주 맛있다니까."

"그렇게 맛있음 엄마나 다 먹어."

얼굴이 굳어진다. 한 대 때려주고 싶은 마음이 관자놀이를 타고 붉은 피가 역류한다. 달구어진 뒤통수를 겨우 뜨거운 사랑으로 녹인다. '미운 세 살, 때려주고 싶은 여덟 살.' 엄마의 엄마도 그랬을까? 낯선 세계로의 첫걸음을 들이밀게 했던 초경이 시작되던 날부터 이미 난 어머니였던 것이다.

"그렇게 엄마 말 안 들으려면 너 혼자 살아."

"엄마, 잘못했어요. 다시는 안 그럴게요."

이런 게 아닌데, 이런 게 아닌데. 모든 게 엉망진창이다. 계획대로 되는 게 하나도 없다. 도무지 살아는 있는 건지. 내가 어디에 있는 건지 알 수가 없다. 아직은 때가 되지 않았는데, 그날이 아닌데 벌써부터 신호를 보내는 것인가? 비오기 전 우울한 하늘처럼 온몸이 뻐근히 그날을 기다린다. 역류한다. 내가 뒤집어진다. 세상이 거꾸로 돌고 있다.

98, 76, 54, 32…….

"펌프 하세요. 산소마스크 하고."

삐익 삐익, 잦게 울리는 기계음이 다급해진 마음을 조여 온다. 입 안이 바짝바짝 마른다. 수간호사의 손놀림이 바쁘다. 눈으로는 의사의 얼굴만 빤히 바라보며 무슨 선고를 받을지 두려움 가득이다.

"이게 심장박동수인데, 30 이하면 위험합니다. 아무래도 오늘 밤엔 각오를 하셔야 할 거 같습니다. 가족들을 부르시지요."

"툭."

피가 터지듯 한 쪽에서 곡성이 터진다. 이미 준비된 이별인데, 멀지 않은 시간에 찾아올 손님이었는데, 이성이 이해하는 사실을 눈물은 이미 이해를 거부해버렸다.

"제발 약 좀 사다 도."

아무것도 해드린 게 없는데, 내내 고생만 하다 돌아가셨는데, 평생 자식 걱정으로 당신 몸 거두기를 거부하신 삶인데 마지막 가는 길에 자식에게 짐이 되긴 싫다고 스스로 목숨부지하길 그만 두고 싶어 하신 어머님. 그런 어머님을 보내는 길은 피눈물이 다리를 놓았다. 잘한 자식은 잘한 자식대로, 못한 자식은 못한 자식대로 가고나면 후회만 남는 것이 바로 부모님인 걸.

당신이 수술하면 자식 학비를 댈 수 없다고 스스로 허리 펴지 못하는 사람이 되는 길을 선택하신 어머님의 마지막은 90도로 꺾어진 허리를 펴는 일로 시작되었다. 그 굽어진 허리 때문에 당신이 목숨보다 아끼던 자식들은 또 얼마나 많은 피눈물을 쏟았던가? 그 따스한 심장의 열기가 까만 재로 식기 전에 과거를 되돌리며 굽어진 다리를 펴려는 노력은 또 얼마나 계속되었던가?

자식을 위해 당신을 위해 열심히 달음질을 치던 핏무리가 운동을 멈

첬다. 죽음이 임박했음을 알리는 최후의 신호까지 보내어 이제 당신
없이도 모든 것이 다 되었노라 안심되던 시간, 붉은 피를 돌리던 심장
도 달려가던 핏줄기도 손을 놓았다. 이제 삶도, 피도 끝이다.

창

블라인드를 말아 올린다. 연극의 무대가 오르듯 가려졌던 풍경들이 서서히 드러난다. 한쪽 벽을 가득 메운 도시의 아침이 완성된 모자이크처럼 버티고 섰다. 사무실 가득 번져가는 커피 향처럼 서서히 가라앉는 햇빛, 세상을 응달과 양달로 가르며 자유롭게 부유(浮遊)한다.

잎사귀를 털며 월동준비를 하는 나무들을 살짝 건드리며 바람이 골목 안으로 낙엽을 쓸어 넣는다. 드문드문 지나가는 이들은 옷깃으로 목과 귀를 감싸며 바람과 실랑이를 한다. 따가운 햇살을 받아 후끈 달아오른 지열을 아지랑이로 뿜어 올리던 창은 어느새 성큼 다가선 가을의 정취를 선사한다. 이미 차가워진 바람을 단속하느라 창은 굳게 닫혀있다.

된다는 보장도 없었지만 어쩌면 어쩌면 하면서 하루하루 기다려오던 공모전의 발표가 났다. 이미 당선자에겐 미리 통보가 갔으리란 것쯤은 상식적인 일이었지만 혹여나 하는 마음에 전화를 걸어봤다. 역시나 내 이름은 없다. 벌써 예상했던 일인데, 처음 겪는 일도 아닌데 다리에 힘이 쭉 빠져나갔다.

이런 날에는 열 일 제쳐 두고 골방에 갇혀 펑펑 울고만 싶었다. 왜 세상은 나를 위해 창을 열지 않느냐고 지나는 사람이라도 붙잡고 묻고 싶었다. 당선자가 익히 아는 동료라는 사실이 가져다준 충격에 겨우 용기를 내서 다가선 창에 또다시 두꺼운 문풍지를 발라버린다. 어지러운 마음을 추스르려 시간표를 뒤적이다 엊그제 나눈 대화가 떠올랐다.

"선생님, 우리 애가 피아노대회에서 떨어졌어요. 정말 잘 치던 애가 대회에서 너무 긴장해서 어깨가 굳어버린 거예요. 선생님, 전 그날의 모습을 도무지 잊을 수가 없어요."

그 아인 그날 이후로 피아노도 피아니스트를 향한 꿈도 닫아버렸다. 세상을 향한 창도 반은 닫아버렸다. 그리고 중학교 올라간 첫 시험에서 떨리는 손을 주체하지 못하고 답안을 내려써 버렸다. 어머니는 학력고사에서 지금의 아이처럼 실수한 자신을 떠올리며 아이에겐 그런 아픔을 대물림하고 싶지 않았다고 말한다.

가슴 한 쪽이 쓰렸다. 기억을 훌쩍 넘어 내가 그 나이쯤으로 돌아가면 똑같은 장면이 그려졌다. 심사위원만 빼고 모두가 열광하던 그날, 난 연주를 하다 그만 한 페이지를 훌쩍 뛰어넘어버렸다. 박수를 치며 환호하는 선생님을 밀치며 얼굴을 가리고 뛰어가던 내 모습이 떠올랐다. 그리고 배달된 동상이라는 상장이 더욱 나를 비참하게 만들었고, 나는 세상에 대한 불신으로 마음의 창을 닫아버렸다.

"선생님, 전 아무래도 희망이 없나 봐요."

정말 그건 내게 해주고 싶은 말이었다. 이제 정말 끝을 내고 말아야 할 것인가, 이 길은 나의 길이 아니었나 하는 생각으로 무거워진 내 머릿속을 꺼내보기라도 한 것처럼 말을 붙여오는 애에게 표정을 들키지 않으려 애쓰며 한마디 덧붙였다.

"아니야, 누구나 실패는 하는 법이야. 중요한 건 그것으로 모든 게 끝났다고 생각하지 않는 거지."

놀랍게도 피아노를 그만 둔 이유가 우린 동일했다. 대회에 실패한 것보다 그렇게 턱없이 모자란 연주에 동상을 보내준 대회에 실망을 했다는 것이다. 당연히 탈락을 시켜야 할 사람에게 동상을 주었다는 이유 하나만으로도 충분히 대회는 웃음거리가 되었고, 그러한 세상은 혐오의 대상이었다.

하지만 정말 실수를 하고도 상을 받을 만큼 연주가 뛰어났을 수도 있고, 아니면 실수를 디딤돌 삼아 더 열심히 정진하라는 의미였을 수도 있다며 그 아이를 위로하다가 난 문득 내가 놓쳐버린 사실을 보게 되었다. 그때는 누구와 의논도 하지 않은 채 내 세계 속으로 창을 닫아버렸던 선택을 옳다고만 생각했다. 그건 비겁한 변명일 뿐이었다.

아이는 내 애길 들으며 어느새 세상 어느 창에서도 볼 수 없었던 해맑은 미소를 두 눈에 띄었다. 어쩌면 과거의 나처럼 오래도록 세상을 향한 창을 닫아버렸을지도 모를 아이의 마음을 조금은 빨리 열어준 것 같아 안도가 되었다.

어느새 노을이 지고 햇살이 자취를 감추며 사위는 어둠에 휩싸였다. 생각에 잠겼다 문득 눈을 들어 올리는 순간, 나는 그만 보아버렸다. 햇살이 회동하는 시간 내내 즐거운 풍경을 들여보내주던 창은 어느새 까만 도화지로 바깥의 풍경을 지워버리고 창의 안쪽에서 살아 숨 쉬는 나의 모습을 쏟아내고 있었다. 이미 내 앞엔 세상을 바라보기 위한 창이 아닌 나를 비추는 거울이 있었다. 그 순간 나는 깨달았다. 내가 다가가 창을 열지 않는 한 창은 나를 비추는 거울이 되어 나만의 공간에 밀폐시켜버린다는 것을. 힘들어도 창을 열어야만 저 세상이 내 편으로 다가온다는 것을.

달리는 승용차와의 경주에도 싫증이 난 바람이 창을 톡톡 두드린다. 밤새 포근한 사무실에서 단잠을 잤을 공기가 산책을 나가도록 창을 열어준다. 이제 창은 벽이 아닌 문이 되어 기다리던 바람을 맞아들이고 바람은 기다린 듯 블라인드를 잡아끈다. 일렁이는 바람을 따라 풍경은 잠시도 가만있지 않은 채 명도를 달리하며 내 곁에 와 있다.

사면이 울리도록 음악을 튼다. 텅 빈 사무실을 한 바퀴 휘돌며 나를 에워싸는 음악에 몸을 맡기면 어느새 이곳의 내게서 슬그머니 빠져나와 저 창 너머 따스한 곳으로 훨훨 바람을 타고 날아가는 나를 발견한다. 음악과 함께 내 인생을 살고 있는 몸을 벗어나 전 세계를 떠도는 또 다른 나를 만나노라면 어느새 세상은 다시 내 곁에 와 있다. 감사하는 마음으로 아이에게 문자를 보낸다.

「선생님도 이번에 또 떨어졌어. 하지만 끝까지 두드릴 거야. 네가 내게 새로운 창을 보여주었으니까.」

길

멈춘 신호등

빨간불이 켜진 채 깨진 신호등이 내 가슴에 와 박혔다

소화되지 못한 빨간 불빛이

때론 어지럼으로

때론 흔들림으로

뱃멀미를 일으킨다

흙냄새 올라오는 비오는 밤이면

어김없이 찾아드는

악몽의 되새김질

빨간불로 정지된 시간

생각조차 금지된 채

흐르지 않는 시간

아직은 살아있음을 증명하는 심장의

갸느린 팔딱거림

오지도 가지도 않는 기억

움직이지 않는 침묵 너머로 보이는

희미한 초록 불빛

차에 앉으며 다시 한 번 크게 숨을 들이쉰다. 차창으로 비집고 들어
오는 햇살에 다리까지 후끈해지는 폭염, 덩치 큰 사람에 대한 배려를
거부한 소형차의 실내는 그대로 한증막이다.

말복,

생일,

음력 생일과 양력 생일이 딱 겹쳐지는 날.

오늘도 변함없이 다람쥐 쳇바퀴 돌기를 시작한다. 아이들을 태워오고
태워주고. 같은 동네를 몇 번씩 뱅글뱅글 도는 코스. 태워오고, 내려주
고, 또 태워가고, 내려주고……. 그렇게 세 시간이 지나면 원점으로 회귀.
노트북 앞에 앉으면 지구는 돈다는 사실을 확인하는 순간이 기다린다.

빙글빙글 문이 돌고, 화면이 돌고, 천정이 돌고, 내 머릿속도 빙글빙
글 모든 것이 뒤엉켜 발버둥을 친다. 이런 땐 아무것도 안 하고 가만히
앉아 있는 것이 최선책이다. 그런데 오늘은 외출하고 싶은 생각들이

가출하기 전에 노트북 앞에 앉는다.

빙글빙글 출발지도 도착지도 같은 곳이다. 하지만 그곳을 돌아오는 길은 항상 같지 않다. 태우는 길손이 달라짐도 있지만 잠시도 가만히 있지 못하는 성정 때문에 오고 가는 길은 항상 예측 불허이다.

그렇게 가려면 항상 온몸을 열어 두어야 한다. 몸은 여기 있어도 눈은 멀리 신호등을 미리 주시하고 다음엔 어떤 신호가 떨어질지 예측하고 갈 방향을 정해야 한다. 간발의 차이로 신호를 따라 건너기도 하고 아차 하는 순간 신호가 끊기는 끄트머리에 위치하기도 한다.

직진이 끊기면 우회전, 좌회전이 끊기면 직진. 앞에 선 차들의 수에 따라 통과할지 못할지 점을 친다. 이리저리 미꾸라지처럼 요리조리 길 요리를 하다보면 목적지에 닿곤 하는데…….

쭈욱 커브를 도니 앞에 버티고 있는 빨간 불. 우로 튼다. 좌회전을 하려는데 이미 직진 신호로 바뀐다. 그럼, 직진이지 뭐. 속도를 올린다.

빨간 불. 이젠 설 수밖에 없다.

「진입금지」

일방통행이라는 강적을 만났으니 꼼짝없이 좌회전뿐이다. 살면서도 가끔 이런 반갑지 않은 경우를 만난 적이 있었지. 나를 거부하는 운명의 벽. 무시하고 넘어버릴 것인가? 이대로 주저앉아 버릴 것인가? 그리곤 슬그머니 생각이 구물구물 지나간다. 아무도 없으면 그냥 확 가버리는 건데……. 서고 싶지 않은 운행을 방해하는 진입금지 표지를 무시하면 때때로 교통경찰이나 교통사고라는 결코 반갑지 않은 복병을 만나게 된다.

가끔 아무도 모르게 무사히 탈출할 수 있는 기회가 주어지기도 한다. 하지만 여기에는 불법과 죽음이라는 험준한 산을 담보로 제공해야 한다. 물론 악마의 손짓이 올 때면 거짓말처럼 앞뒤 재지 않고 따라가겠지만…….

빨간 불 앞에 멈춰 서서 문득 한 생각에 발목을 잡힌다.

"왜 그렇게 멈추지 않고 달리기만 하는 거지?"

"쌤은 무슨 재미로 사세요? 전 그렇게 살라면 죽을 거 같아요."

자주 듣는 소리다.

그런데 여전히 쉬는 일은 내겐 참 어려운 일이다. 그에 대해 '사부(나의 정신적 지주)'는 항상 이렇게 말씀하셨다.

"그건 아직 안 놀아봐서 그런 거예요. 계속 달리기만 했기 때문에 멈추는 것에 익숙하지 않은 거지요. 무엇 때문에 달리는지 자신이 원하는 것이 무엇인지도 모른 채 그저 달리기만 하는……."

그렇다. 그냥 일 욕심이 많은 거라고만 생각하고 살았다. 그런데 아니다. 욕심을 부려 이루고자 하는 목표가 없다. 그냥 이 시간, 멈추어버리면 불안하기 때문에 달리고 있는 거다. 무엇이 날 그렇게 불안하게 만드는 것인가? 나도 잘 모른다. 아직은. 사부는 알면서 모른 척한다고 했다. 어른이 되는 것이 두려워서. 그저 아직은 보살핌 받는 아이이고 싶어서. 근데 난 아직 정말 모르겠는데…….

나도 내게 묻는다. 왜 그렇게 자신을 들볶느냐고 그게 살아있는 거냐고 죽는 것이 목적이냐고 왜 그렇게 자신을 들볶느냐고. 일 욕심이 많다는 거 노는 방법을 몰라서라는 건 맞는 말 같다. 놀아보지 않아서 노는 것이 좋은 것을 모른다. 그것도 맞다. 참 불쌍한 인간이다. 혹시 놀기라도 하면 인생의 늪이 언제 날 덮쳐 괴롭힐지도 모른다는 불안함. 노는 동안 무언가가 잘 안 될 거 같은 불안감이 나에게 줄을 대고 있다는 거 그건 알 거 같다.

그런 사람은 일이 애인이고, 친구고, 삶의 목적이라고 생각할 수도 있겠다. 하지만 아니다. 그건 모두 속고 있는 거다.

외로우니까

불안하니까

도망칠 곳을 이곳밖에 몰라서 그렇게 일 속으로 **도피하는 것이다.**

행여 아무것도 하지 않는 순간이 오면

외로움이란 놈이

그리움이란 놈이

서글픔이란 놈이

초라함이란 놈이

나를 뒤흔들어 놓을까봐.

그래서 그 늪 속에서 못 빠져 나올까봐.

그게 두려운 거다.

목적지가 같아도

그곳에 도달하는 방법은 사람마다 같지는 않다.

쉬지 않고 줄곧 달려만 가는 자,

쉬엄쉬엄 돌아보며 가는 자,

줄로 그은 듯 곧은 길만 가는 자,

먼 길을 빙빙 돌아서만 가는 자,

가는 길은 모두 달라도

정답은 없다.

진경산수화

굽은 길을 돌아서도 나타나지 않는다. 겨우 차 한 대만을 위한 도로가 끝도 없이 이어진다. 점점 고개를 들게 만드는 산의 경사가 마음을 조급하게 만든다. 도대체 얼마나 더 가야만 나오는 것인가. 벌써부터 시작된 의문엔 대답하고 싶지 않은 듯 소나무 숲만 이어진다. 돌고 돌고 또 돌고 속도 따라 울렁거릴 쯤에 드디어 주차장이 보인다.

차문을 여니 타이어 닳은 냄새가 훅 끼었는다. 왼쪽으로 눈을 돌린 순간 바라보는 것만으로도 숨이 턱에 닿는다. 순간 으악 소리가 절로 나온다. 고개를 절레절레 흔드는 내게 여기 두 절이 같이 있으니 이게 마지막이라며 남편은 손짓을 한다. 절로 올라가는 길의 급경사에 다시 한 번 한숨을 내쉰다.

오늘은 사월 초파일이라 가족과 함께 평소 다니던 절이 아닌 다른 사찰로 다섯 곳 정도를 둘러보기로 했다. 장소를 딱히 정해놓고 출발한 것은 아니라 어디로 갈지는 아무도 몰랐다. 그저 발길 닿는 곳으로 가다보니 여기 영취산 충효사와 구봉사까지 오게 된 것이다. 영취산은 산의 형세가 마치 부처님이 설법하던 인도의 영취산과 비슷하다 하여 이렇게 불리게 되었다. 범성사에서 올라오다 보니 갈림길에서 여러 절의 이정표를 만날 수 있었다. 하필 왜 여기였는지는 모른다. 그저 알 수 없는 결정에 끌려온 것인데, 두 절이 나란히 서 있었다.

올려다보니 절의 모습은 까마득하기만 하고 아래에선 어디가 어딘지 확실히 알 수도 없었다. 아이와 남편은 먼저 올라가고, 나는 '하필이면 왜?' 하며 한숨을 내쉬고는 계단을 오르기 시작했다. 바위와 돌을 놓아 만든 계단은 ㄹ자로 굽어지면서 계속되었다. 이건 아예 등산이었다. 앞서 들른 절에서 올린 수십 배의 절로 인한 피로가 한꺼번에 몰려왔다. 충효의 길은 이렇게 멀고도 험한 길이라고 이런 곳에 절을 세웠나 하는 근거 없는 생각이 갑자기 지나갔다.

서너 계단을 오르고 한숨을 쉬고, 또 서너 계단 오르고 쉬고를 반복하다보니 이름 모를 들꽃들이 내 눈에 들어왔다. 작고 노란 꽃잎들, 보랏빛 야생화들이 길의 구석구석을 수놓고 있었다. 커다란 바위 위에 군데군데 내린 이끼와 가뭄에 쩍쩍 갈라지는 소나무들. 이미 말라버린 가지들과 그 틈을 비집고 다시 소생하는 나무들이 만들어내는 자연의 앙상블. 그리고 거무튀튀한 기암절벽이 만들어내는 진경산수화. 어느새 나는 피곤함도 잊고 그 작은 생명들이 만들어내는 싱그러움에 취해, 한 폭 자연이 만들어낸 산수화에 한없이 동화되어 한 발 한 발 산을 오르고 있었다.

"아휴, 어떻게 교육비를 떼먹는 사람이 다 있단 말이에요? 아무래도 저는 과외는 못할 거 같아요."

"알고 보면 한둘이 아닌 걸요."

며칠 전 나눈 대화가 떠올랐다. 학교 선생님으로 재직하다 그만둔 분인데 다시 아이들을 가르쳐 볼까 하는 생각이 든단 분이었다. 당신이 잘 가르치기만 하면 학생이 많이 몰려오리라 막연한 생각만 하던 그분은 몹시 당혹스러워했다. 그 외에도 여러 가지로 일어날 수 있는 상황들을 생각하다 당신은 도저히 자신이 없다고 고개를 흔들었만. 갑자기 이 높은 산 위에서 하필이면 왜 그 생각이 떠올랐을까.

그건 바로 나를 미소 짓게 한 깊은 산이 만들어낸 진경산수화 때문이었다. 우연히 발을 들여놓기는 했지만 산의 급경사를 보고 차를 돌려 내려가 버렸다면 나는 그 아까운 풍경을 감상하는 행운을 만나지 못했을 것이다. 잠시라도 흐르는 땀을 잊고 미소 짓게 한 작은 꽃들도 바라보지 못했을 것이다.

국립대학의 국문과를 졸업하자마자 초등학생을 가르치는 일에 뛰어든 내게 친구들은 걱정의 시선을 보냈다. 아니 사실 나도 그랬다. 꽉 짜인 시간표가 싫어 기회가 왔어도 학교 선생님이 되는 걸 거부했던 나는 그저 잠시 동안만이라고 생각하며 위로하고 있었다. 그때 처음 만난 아이들은 천사라는 말이 무색할 정도로 꼬질꼬질하고 난폭하고 교육에는 불모지였다. 아주 어린 아이들은 교육이 아닌 아이를 맡겨두는 것쯤으로, 좀 큰애들은 맡겨두면 선생님이 다 알아서 키워주는 것쯤으로 학부모들은 생각하고 있었다.

내가 사는 도시 속에서 만난 산골아이들의 존재는 존재 그 자체만으로도 충격이었다. 내 어린 시절보다도 훨씬 못한 환경에서 키워지고 있는 아이들을 보면서 난생 처음으로 가난의 실체와 만난 것이었다. 처음엔 가정교육으로 전혀 다듬어지지 않은 아이들을 보는 것 자체가 고통이었다. '난 이 세계에서 곧 발을 뺄 거야'라는 생각만이 맴돌 뿐이었다.

　하지만 아무것도 모르도록 방치되어 있던 아이들의 꼬질꼬질한 얼굴에선 생동감이 넘치는 건강한 웃음이 피어났다. 입만 열면 욕이던 아이에게서 차츰 고운 말들이 흘러나오는 것을 보면서 내게도 뿌듯함이 자리 잡기 시작했다. 잘 사는 집 아이들이라면 그저 자기가 잘 나서 그렇다고 치부하고 말 일도 그 아이들은 진정 선생님의 덕분이라고 고마워했다.

　물론 상식적으로 이해되지 않는 사람들도 있었다. 그건 교육비를 떼먹고 도망가는 사람들이었다. 그들은 항상 한두 달씩 미루다가 이사가 버린다. 알고 보면 한두 군데도 아니다. 이사 간 곳까지 찾아가서 소란을 피울 수도 있겠지만 난 번번이 그렇게 하지 못했다. 오죽하면 하는 생각 때문이었다. 개 중에는 상습적인 이도 있지만 대부분은 정말 보태주고 싶을 만큼 가난한 사람들이었다.

　절을 오르며 왜 이런 생각에 잡혔을까? 붓을 여러 번 문질러서 그려 힘이 넘치고 기운이 꿈틀꿈틀하는 절벽. 그 하나하나의 바위가 내겐 꼬질꼬질하던 아이들의 미소 짓던 얼굴처럼 느껴졌다. 그런 깊은 산이 만들어낸 진경산수화는 오늘 여기에 내 발걸음이 옮겨지지 않았다면 볼 수 없었을 것이다. 평탄하게 뚫린 대로에 놓인 찾기 쉬운 절만을 찾아 갔다면 결코 만날 수 없는 것이었다.

　빠르고 쉬운 길로 갔더라면 내 인생은 한결 순탄하고 행복했을지도 모른다. 모두들 걱정하는 그 길로 발을 들여놓았을 때 이미 내 인생은 가시밭길임을 예견할 수 있었다. 그럼에도 불구하고 이 길을 가는 이유는 바로 그런 진경산수화가 기다리고 있기 때문이다. 산이 높을수록, 골이 깊을수록 더욱 아름다운 진경산수화를 볼 수 있는 영광은

내게만 주어지는 것이다. 차를 타고 빠르게 지나쳐 버리지 않고 한 발 한 발 쉬어서 가야 하기 때문에 길가의 작은 풀꽃 하나하나에도 다 눈을 줄 수 있는 곳이 바로 이곳인 까닭이다.

사월 초파일 이 산에서 우연히 진경산수화를 만난 것은 바로 부처님의 인도가 아니었을까.

코드 훔치기

내가 너에게로 가는 길에는 건너야 할 코드가 있다.

10년쯤 전에 선원에서 특별수련을 한다고 해서 참여한 적이 있었다. 말 그대로 특별수련이라 그런지 여러 가지 프로그램이 준비되어 있고 대개가 처음 보는 사람들이었다. 나와 같은 조가 된 분 중에 아이 둘을 수련에 보냈는데 둘 다 이상한 소리를 자꾸 해서 자신이 직접 와보았다는 분이 있었다. 아이들은 다른 사람보다 높은 수준의 초능력을 갖고 있는데, 수련 후 "지구가 아파해요"란 말을 자주해서 혼란스럽다는 것이었다. 다른 서적에서 초능력을 가진 아이들에겐 미리 시험 문제가 보인다거나 답에서 빛이 난다는 말은 들어본 적이 있었지만 지구에 대한 언급은 처음이었다.

수련 마지막 단계에서 한 것이 바로 나무와 대화하기였다. 나는 뇌호흡 수련을 시작한지 3년쯤 지난 때라 기본적으로 기의 흐름은 감지하고 있었지만 구체적으로 선명하게 체험한 상태는 아니었다. '나무와 대화를 하라니 정말 황당하군' 하는 생각이 머리를 스쳤다. 괜히 왔나 하며 일행을 따라 시냇물이 흐르는 수련원 뒤뜰로 갔다. 뜰은 산자락을 병풍처럼 두르고 있어서 커다란 나무는 쉽지 않게 발견할 수 있었다.

주위를 빙 둘러보다 아무 나무나 하나 골라 다가갔다. 한 삼십분 정도를 그 나무를 끌어안고 있었던 것 같다. 먼저 십 분은 '내가 지금 뭐하는 거야?' 싶었다. 다음 십 분은 '나는 누구누구인데 이렇게 저렇게 살아왔거든?' 하면서 나무가 듣든 말든 뭐라고 말을 했다. 그리고 십분은 나무가 하는 말을 듣기 위해 가만히 있었다. 예측한 것처럼 나는 아무것도 느낄 수가 없었다. 다시 수련원으로 돌아오면서 다른 사람들은 과연 어떤 반응을 보일지 참 궁금했다. 그런데 체험 발표를 하는데 우리와 같은 조였던 그분이 단상으로 올라가더니 물 흐르듯 체험을 술술 이어나갔다.

"제가 대화한 나무는 오십 년 된 할머니 나무였어요. 제가 사는 게 너무 힘들다고 얘기를 하니까 자기가 살아온 삶을 들려주며 사는 게 다 그런 거라고 위로를 해줬어요. 정말 포근했고 속이 후련해졌어요. 그리고 제 자신의 모습을 살펴봤는데 내 속의 위장, 대장 같은 장기들이 스크린처럼 다 보였어요. 이젠 알 거 같아요. 아이들이 왜 그런 말을 하는지."

어차피 1회적인 만남이라 그 다음에 그 사람은 어찌되었는지 모른다. 하지만 분명한 것은 그날 이후 그 사람은 아이들의 말을 이해하고 그들의 코드 속으로 들어갈 수 있게 되었을 거란 거다. 그리고 같이 지구의 아픔을 느끼며 저녁 식탁에서 지구를 걱정하고 있을지도 모른다.

우리는 살아가면서 무수히 많은 사람들을 만나며 스스로 그들의 코드를 읽어내야 할 때가 많다. 얼마나 빨리, 얼마나 정확히 그들의 코드를 읽어내느냐에 따라 우리가 될 수도 있고 적이 될 수도 있다. 특히 사춘기가 되어 스스로 말문을 닫아버리는 아이들 앞에서 그들의 코드를 읽지 못하는 부모는 한집에 사는 타인으로 전락하기 일쑤다.

기수련 초기 단계일 때 문득 아이들은 어른보다 훨씬 기를 잘 감지한다는 말이 떠올랐다. 그날 수업을 하다 말고 호기심에 아이들에게 눈을 감게 하고 오감 느끼기를 시킨 적이 있다. 한 번도 기수련을 해본 적이 없는 초등학생 아이들이었다. 먼저 박수를 치게 하고 손을 일 분쯤 비비게 한 후에 손과 손 사이를 벌렸다 오므렸다를 반복하게 했다. 그리고 나는 아이들의 표정을 관찰하며 흥미롭게 지켜보고 있었다.

아이들에게 소감을 물어 보았다. 그런데 한 아이가 이렇게 말했다.

"선생님, 전 예전에 재미로 이렇게 해본 적이 있었는데요. 어떤 날은 아주 앞이 새까맣기도 하고, 어떤 날은 아주 환한 금빛으로 빛날 때도 있었어요. 왜 그럴까요?"

"너 혹시 까매진 날 엄마한테 혼나지 않았니?"

그냥 추측이었지만 그게 정말이라고 했다. 그 아이의 엄마는 아이가 야단맞았을 때 느끼는 그 캄캄한 코드를 상상이나 하고 있을까.

아이들은 정말 제각각의 기를 느끼고 있었다. 순수함으로 하늘과 소통하고 있는 아이들은 그들만의 파동으로 우주의 코드를 훔치고 있는 것이었다. 분명 아이가 자라서 어른이 되건만 모든 사물과 소통을 하던 코드를 성장의 부채로 지불하기라도 하는 것인지 세상은 온통 담을 쌓은 채 밀실로 들어가 버린 사람들뿐이다. 거기에 한술 더

떠 인터넷으로 타인과의 접속이 쉬워진 틈을 타 거짓말을 양성하는 악성코드들은 더욱 난무한다.

다른 이의 코드를 읽기 위해선 그 사람에 대한 관심이 필요하다. 어쩌면 내가 나무의 코드를 읽어내지 못한 것은 애초에 읽고 싶은 마음이 없었기 때문인지도 모른다. 아이의 코드를 알고 싶다는 간절한 바람을 갖고 수련을 시작한 그 엄마의 기적 같은 체험은 어쩌면 당연한 결과인지도 모른다.

나와 네가 아닌 우리가 되는 길에는 코드 훔치기가 놓여있다.

님의 침묵

온통 줄이다. 일렬로 늘어선 자동차, 양 길을 가득 메우며 걸어가는 이들, 잠시 매점 앞에서 목을 축이는 이들, 벽을 이룬 현수막들, 날아가는 새들조차 일렬을 이룰 것 같은 이곳 분향소로 가는 길은 줄을 서지 않는 이들은 들어갈 수 없는 금지구역이다.

또 줄이다. 이번엔 허름한 창고 앞이다. 건너편엔 화장실을 앞에 두고 서른 명쯤 늘어서 있다. 그 곁에는 구불구불함 속에서도 서로의 등을 보며 소통하는 군중들로 마당을 가득 메웠다.

창고처럼 보이던 건물로 들어서자 제일 먼저 눈에 띈 건 메모지가 만든 줄이다. 모두가 벽을 가득 메운 메모지의 꼬리를 물고 또다시 메모지가 대롱대롱 달려있다. 글을 쓴 사람들의 기다림처럼 메모지들이 나란히 달려있다. 힘주어 쓴 초등학생의 글씨, 그리움을 담아 눈물로 쓴 아주머니, 안타까움을 몇 글자에 담은 할아버지의 메모에 이르기까지 애도의 물결로 벽을 가득 메웠다. 표현이 달라도 글쓴이가 달라도 하나같이 그들은 이렇게 당신을 보낼 수는 없음을 말하고 있다.

당신이 쓰던 물건 몇 점이 창고와 걸맞게 농촌 사나이의 모습으로 들어와 누워있다. 급하게 모은 사진으로 돌리는 기록 영상이 너무나 초라해서 창고와 한몸같이 느껴진다. 몰리는 인파에 서로 발이 밟혀도 짜증내는 사람 하나 없다. 낡은 흑백 사진 속에서 환히 웃고 있는 당신의 모습에 군중들이 머리를 숙이고 소리 내어 흐느끼고 있다.

「지켜드리지 못해 죄송합니다.」

머리가 허연 할아버지께서 써놓으신 글귀에 눈시울이 붉어진다. 이제 겨우 열 살쯤 되어 보이는 아이가 할아버지의 손을 잡고 그 곁에 서 있다. 당신의 얼굴이 찍혀있는 노란 브로치를 달고 아이는 사진처럼 환하게 웃고 있다. 아이에게로 시선이 닿자 머릿속은 바쁘게 기억 저편을 향해 마구 내달리기 시작한다.

내가 저 아이만 했을 때였다. 오랜 시간이 흘러 이미 낡아버렸을 법도 하지만 지금도 한 장면만은 기억이 생생했다. 교내 방송을 통해 들려온 대통령의 서거 소식을 듣고 모두가 숙연해졌다. 평소엔 그렇게 시끄럽던 교실이 누구의 지시도 받지 않은 채 그렇게 침잠했던 것은 아마 처음이자 마지막이었을 게다.

그 속에서 학교가 떠나가라고 통곡하던 학우의 울음소리가 정적을 깼다. 눈물을 펑펑 쏟는 것도 모자라 거의 실신지경에 이르도록 목 놓아 우는 그 학우를 보면서 모두 눈시울을 붉혔다. 함께 눈물을 흘렸지만 그 학우의 통곡소리는 내내 기억 속에서 지워지지 않았다. 우린 무슨 이유로 그렇게 울어야만 했던가. 아니 어떤 이유로 그렇게 그의 죽음 앞에 마음껏 눈물을 뿌릴 수 있었던가. 겨우 열 살을 갓 넘긴 아이였지 않았던가.

가족이 아닌 누군가의 죽음에 슬퍼하며 그렇게 눈물을 흘린 것은 아마도 그것이 처음이었을 게다. 매일 아침 뉴스 첫머리에서 그분의 소식을 접하고 저녁식사 무렵 그분의 훌륭함을 다시 듣는 것으로 내 키가 자랐었다. 그 죽음이 갖는 정치적 의미나 역사적 의미 같은 걸 알 턱이 없었다. 그런 건 아무래도 좋았다. 세상에서 가장 위대한, 아니 세상에서 가장 소중한 무언가가 사라진 느낌이었다. 그렇게 위대한 죽음은 내 어린 시절 기억 속의 한 페이지를 장식했다.

그런데 세상은 결코 어른들이 들려주는 동화 속의 모습으로만 존재하지는 않는다는 사실을 깨달았을 때 나는 그분을 둘러싸고 있는 찬반의 논란 속에서 괴로워했다. 사고의 대부분을 차지하고 있던 선한 자, 정의로운 자, 능력 있는 자의 모습 대신 국가라는 이름하에 무고한 자들을 탄압했던 그분을 어떻게 받아들여야 할지 감당하기 어려웠다.

그것은 엄청난 배신이었다. 내가 우상으로 설정했던 지도자에게 무참히 내동댕이쳐진 기분이었다. 그러한 지도자에게 아무런 비판 없이 고개를 숙이게 했던 교육이 원망스러웠고 나를 그렇게 인도한 어른들에 대한 불신이 잡초처럼 자라났다. 그렇게 지탄 받을 인물 앞에 경의를 표하고 존경의 눈길을 보냈던 지난날이 봇물 터지듯 밀려와 혼란스러웠다. 하지만 그럼에도 불구하고 그를 빛나게 했던 많은 업적들이 있었음을 인정하기까지는 오랜 시간이 걸렸다.

또 다시 지체 없는 시간은 어김없이 계절을 돌려놓고 나는 분함에 치를 떨던 그 시절의 갑절이나 되는 시간을 더 흘려보냈다. 문득 머리가 허연 할아버지 곁에서 당신의 얼굴이 찍혀있는 노란 브로치를 달고 섰던 아이는 앞으로 십 년 아니 이십 년이 흐른 후 과연 오늘을 어떻게 기억할지 궁금해진다.

당신은 떠났지만 결코 보내지 못하는 이들의 마음이 끊임없는 줄이 되어 다시 살아나고 있다. 가진 자도 못 가진 자도, 배운 자도 못 배운 자도 똑같이 줄을 서야만 목표지에 도달할 수 있는 곳이 바로 여기라고 당신이 말하고 있는 듯했다. 누가 먼저랄 것도 없이 앞사람의 뒤를 이어가는 수많은 사람들 틈에서 어린 눈들은 분명 각자의 촉수로 끌어들인 오늘을 기억할 것이다. 그들이 옳다고 생각하는 믿음이 또다시 뒤집어지는 그런 날은 영영 오지 않았으면 좋겠다. 그 영롱한 눈동자에 또다시 배신감을 심어줄 수는 없지 않은가.

이런저런 생각들을 접으며 돌아오는 길에 까만 현수막이 우리의 발길을 지켜보고 서 있다.

아아, 님은 갔지마는 나는 님을 보내지 아니하였습니다.

나비, 크레바스를 날아오르다

꽃지 해수욕장. 12월을 향해 달리는 바람은 벌써 매서운 눈의 여왕과 만날 약속으로 바쁜 걸음이다. 바람의 옷깃에 닿는 볼이 시리다. 빨갛게 채색된 둥그런 다리를 지나니 배가 한 척 보인다.

"엄마, 배가 죽었다."

썰물에 묶인 채 오도가도 못 하고 질척함을 넘어 딱딱하게 굳어가는 갯벌 위에 우두커니 서서 바다만 바라보고 있는 배. 그게 아이의 눈엔 그렇게 보였나 보다.

"아니, 왜 하필 이런 과제를 해오라는 거냐고? 이게 말이 되냐고. 이걸 다 하면 그냥 논문 끝나는데? 당신도 그냥 쉬운 거 해. 도서관에서 잠자고 있을 그런 연구해서 대충 내란 말이야."

그것이 남편의 애정 어린 충고란 걸 충분히 알고 있다 해도 힘겨운 현실을 부정할 수는 없다. 내 마음엔 주인이 살지 않는지 이렇듯 불쑥

불쑥 허술한 문단속을 뚫고 불청객이 찾아든다. 오늘의 불청객은 아마도 서러움이 스타트를 끊을 모양이다.

그냥 난 학위 따러 온 거라고 말하란 그의 말에 그것이 진실이래도 결코 인정하고 싶지는 않다. 하지만 더욱 비참한 건 현실이 그러한 보편성을 요구한다는 점이다. 도둑이 담을 넘고 강도가 문을 밀고 들어오는 모습을 2.0의 시력으로 바라보면서도 꼼짝없이 묶인 몸은 움직일 수 없다.

학위를 따려면 먼저 학점을 받아야 할 게 아니냐고, 학점을 받으려면 이 과제는 당연히 해가야 하는 거라고 애써 아무렇지 않은 척 응수한다. 하지만 뒤돌아서는 눈엔 이미 눈물 가득이다.

배가 죽었다. 배가 죽었다. 머릿속이 하얗게 비어버린 듯 한마디 말만 반복한다. 배가 죽었다. 배가 죽었다. 내가 죽었다.

'그래, 졸업만 하자.'

썰물에 갇혀 멈춰버린 배처럼 이리저리 엮여 움직이지 못하는 초라한 나를 발견할 때마다 당연히 있어야 할 마음을 욕심이라 단정 짓고 이렇게 달래오곤 했었다. 그러면서도 한 발자국만, 딱 한 발자국만 더, 하며 욕심을 낸 것인데 발아래가 천 길 낭떠러지다.

나를 달래는 음성을 다른 이에게서 똑같이 듣게 되었을 때 그 파장은 가늠할 수 없는 해일과도 같다. 마음이 온통 뻘밭이다. 꼼짝할 수 없이 갇혀 밀물이 들기를 기다린다. 12시간 25분 후면 바닷물이 차오른다. 그렇다 해도 곧장 배가 출발할 수 있는 것은 아니다. 나를 충분히 띄울 수 있을 만큼의 물이 차오르기를 기다려야 한다. 어차피 삶은 기다림의 연속이지 않은가. 끊임없이 나타나는 꿈을 향한 죽음까지의 기다림인 걸.

내일이 발표인데 아직 이러고 있냐며 고개를 흔드는 그를 향해 던지고 싶은 말들이 목젖까지 타고 올라와 아우성을 쳐댄다. 입 안 가득 물을 삼키고 수장시켜버린다. 그리곤 마른 침을 삼켜 내부의 소리를 애써 달랜다. 내가 놀면서 안 한 것도 아닌데, 일요일까지 죽으라고 일하고 남는 시간에 겨우 틈을 내서 하는 공부인데, 내겐 삶이 바로 초 읽기이거늘. 쓴 웃음이 들어와 입 안이 쓰다. 그냥 허허 웃는다고 다들 아무렇지 않은 줄 아는가? 내 어깨를 누르는 모든 것들을 벗어버리고 나도 남들처럼 편안하게 삶을 누리고 싶은, 몸서리치게 서러운 날들이 있다. 서너 가지 일들을 양 어깨에 짊어지고 가는 일이 너무나 힘에 겨워 벌러덩 길 위에 누워버리고 싶은 무수한 날들. 그래도 그래도 하며 애써 달래고 달래어 이렇게 먼 길을 터벅터벅 걸어왔다.

그래, 크레바스.

지금 난 협곡에 빠진 거다. 북극이나 히말라야 산 같은 빙원에나 있다는 얼음이 갈라진 좁고 깊은 틈, 검은 틈의 유혹과 지금 싸우고 있는 거다. 곁에 누가 있어 나를 구할 것인가. 이곳에서 살아남는 유일한 방법은 바로 날아오르는 것이다. 날기 위해선 몸이 뜨거워져야 한다. 30도 이상의 체온을 유지해야 비상이 가능한 나비의 배 쪽엔 비늘가루가 변한 털이 빼곡히 덮여 있다. 그곳에 최대한 햇볕을 쪼여 그 복사열로 체온을 올려야 한다. 그래서 흐린 날이나 비 오는 날은 비상하지 않는다. 지금은 다만 흐리고 비오는 날일 뿐. 나는 날아올라야 한다.

움직이지 않는다고 해서 죽은 것은 결코 아니다. 썰물에 묶여 옴짝달싹 못하고 있는 저 배를 다섯 살 아이의 눈으로는 죽었다고 말하지만 나는 저 배가 전심으로 당기고 있는 팽팽한 긴장을 보고 있다. 파아란 고동소리 울리며 질척이는 뻘을 힘껏 박차고 저 넓은 바다를 향해 달려 나갈 꿈을 꾸며 12시간 25분 후에 올 밀물을 기다리는 검은 목선.

가만히 시간을 견디며 바다를 향해 나란히 서서 도란도란 이야기를 나누고 있는 할미 바위, 할아비 바위께로 다가선다. 무슨 이야기를 주고받으면서 저렇게 다정히 섰을까? 보는 이의 마음까지 따뜻해지는 부부바위.

「미안해요. 도움이 돼주지 못해서.」

문자가 들어온다. 마음이 간신히 진동을 견딘다. 나는 이미 다 알고 있다. 절규 속에도 살아 숨 쉬는 깊은 애정이 스며있음을. 그래서 나도 시원했는 걸. 사실 나도 그렇게 말하고 싶었거든. 그렇게 다 뒤엎어버리고 싶은데 그럴 수가 없는 걸. 그러면 다시 주워 담기가 너무 어려우니까. 그냥 손을 놔버려야 할 거 같으니까.

조금만 더 기다리자.

다시 오지 않을 것 같던 12시간 25분. 그래, 장하구나. 나여, 용케 잘 견디었구나. 이제 조금만 견디면 희망의 밀물이다. 그래, 날갯짓을 치자. 저 푸른 해원을 향해 신나게 뱃고동을 울리며 둥둥둥 떠올라 나비처럼 가벼워지자. 조금만 더, 더, 더……. 오오, 그래, 밀물이여 어서 나를 적셔라.

제4부

낙타, 3막을 열다

노루, 세상 속으로 뛰어들다

3막을 열다

노루, 세상 속으로 뛰어들다

가끔 누군가 그리운 날엔

그리움의 무게만큼

노랠 부르자

부르는 노랫소리 몸을 일으켜

쏴아 쏴아 파도소리

토닥토닥 물방울소리

터벅터벅 고무신 끄는 소리

담을 넘어 오셨어

문을 열어봐

그분이 오셨어.

비가 내린다.

장맛비처럼 쏟아지는 것도 아니고 봄비처럼 가녀리게 내린다. 이렇게 비가 오는 날이면 서서히 밀려드는 감당할 수 없는 그리움이 있다. 한 방울씩 차창에 내려앉는 빗방울, 자동차 와이퍼를 정지시키고 빗줄기 속 가로등에서 흘러내리는 불빛을 보면 미치도록 아름다운 영상이 만들어진다. 한 방울, 두 방울 내려앉다가 무게를 이기지 못해 쭈-욱 미끄러진다. 가로등 불빛도 함께 미끄러진다.

모든 걸 비운 채 편안한 마음으로 오디오에서 흘러나오는 발라드를 듣고 있으면 나도 모르게 슬며시 다가와서 밟히는 그리움이 있다. 그러면 그리움으로 향하는 길을 끊고 문을 닫고 가지를 잘라도 줄어들지 않는다. 그리움에 재갈을 물리고 바윗돌로 눌러도 죽지 않는다. 그리움은 불사신이다.

7월 9일 일요일, 노루가 우리 집에 왔다

삼촌 차는 뒤뚱뒤뚱 오리걸음으로 산을 올라간다. 별로 높지도 않은데 길이 꼬불꼬불해서 차가 움직일 때마다 나도 왼쪽으로 오른쪽으로 트위스트 허리춤을 춘다. 비까지 와서 질퍽질퍽한 길을 선명한 타이어 자국으로 꾹꾹 눌러준다. 밟힌 진흙땅들이 이리저리 불쑥불쑥 튀어 오르며 아우성을 친다. 점점 와이퍼가 바빠진다. 산에는 온통 뿌연 안개가 병풍처럼 둘러 펴졌다.

"넌 여기서 꼼짝 말고 있어. 삼촌이랑 금방 다녀올 테니."

"나도 갈래요."

떼를 써 보지만 아빠는 막무가내다. 강렬한 레이저 같은 눈빛을 내게 쏘아대면 난 전기에 감전되듯 굳어진다. 이젠 어쩔 수 없이 포기다, 여기까지 왔는데 억울하지만 어쩔 수가 없다. 비는 점점 더 많이 오고, 난 장화도 없으니, 뭐.

아빠는 여러 번 다짐을 받고 삼촌과 낫이랑 괭이랑 삽을 나눠들고 올라간다.

사방은 고요하고 비는 계속 오고, 아빠가 틀어놓고 간 노래 테이프가 한 바퀴를 다 돌아도 안 온다.

'혹시 나만 두고 가버린 거 아니야? 길을 잃어버리셨나?'

이런저런 생각을 하다 보니 뿌연 안개 사이로 가만히 머리 푼 귀신이라도 나올 것 같다. 에라, 모르겠다 싶어 큰 소리로 노래를 부른다. 학교에서 배운 노래를 다 부르고 친구들 사이에 유행하는 노래까지 다 불러도 아빠는 안 온다.

"치, 금방 온다 해놓고, 그럼 내가 가지 뭐. 약속은 아빠가 먼저 어겼으니 내 책임이 아니다 뭐."

무거운 차문을 겨우 열고 아빠가 간 곳으로 발자국을 따라간다. 길이 질어서 아빠 발자국은 잘만 보인다. 얼마 가지 않아서 아빠가 눈에 띈다. 삼촌과 아빠는 무덤 앞에서 이리 왔다 저리 갔다 바쁘다. 삽으로 흙을 파서 무덤 위에 덮어두기도 하고 괭이로 무덤 옆에 물길 같은 것을 만들기도 한다. 그리곤 탁탁 두드리며 바닥을 고르기도 하고 쿵쿵 장화 발로 땅을 눌러 밟기도 한다. 비가 엄청 많이 오는데 아빠는 우산도 안 쓰고 온몸이 다 물투성이다. 저러면 감기 드는데, 엄마가 보면 아주 잔소리를 많이 할 텐데. 내가 온 것도 모르는 거 같다.

바로 그때 어디서 귀신이라도 나타난 건지

"꽈아아악!"

괴성이 들린다. 앗, 그만 들켜버렸다.

"너, 왜 여기 와 있어?"

이번엔 더 큰 소리가 들린다.

"꽈아아아악!"

모두 두리번거리며 소리가 나는 곳을 찾아 달려간다. 장맛비에 불어
난 수로에 뭔가가 바동대고 있었다. 나보다 먼저 달려간 아빠가 강아지
만한 것을 건져 올린다. 조금 떨어진 곳에 어미가 보인다. 울고 있는 건
지 눈이 젖었다.

"어? 이거 노루 아니야."

"정말이네. 노루네. 다친 거 같은데"

하며 일으켜 세우려는데 퍽 쓰러진다. 다리에는 벌겋게 피가 스며
나오고 있다. 다리가 부러졌는지 일어서지도 못한다. 혼자서는 일어설
수도 뛰어갈 수도 없는데, 피가 나는 다리로 버둥거리며 도망을 치려
든다.

금방이라도 눈물이 툭 터져버릴 것처럼 슬픈 눈동자를 가진 노루다.
사람들 손에 닿는 것이 맘에 안 드는지 계속 발버둥을 친다.

"아빠, 우리가 데려가서 키워요."

"안 돼. 저기 어미가 보고 있잖아. 우리가 데려가면 어미가 얼마나 슬
프겠니?"

그때 삼촌이 한마디 거든다.

"근데 어쩌지, 다쳐서 그냥 두고 가도 죽을 거 같은데."

"그러게 말이야. 나 참 하필이면 이곳에서 만나가지고……."

아빠의 얼굴이 어두워진다. 길게 한숨도 내쉰다. 더 세차게 내리는 빗

줄기에 옷이 다 젖을 판이다.

"아빠, 그러니까 우리가 데려가서 치료도 해주고 키워요. 네?"

"일단 데려가긴 하자. 동물보호소에 보내든지."

갑자기 나타난 노루 때문에 하던 일도 대충 끝내고 길을 내려오려는데 갑자기 삼촌이,

"형, 얘 좀 봐"

한다. 돌아보니 갑자기 노루가 축 늘어졌다. 눈도 뜨지 않는다. '죽으면 어쩌지 죽으면 안 되는데' 하는 생각에 가슴이 방망이질을 한다. 아까부터 떨어져서 따라오던 어미 노루도 걱정스러운지 가만히 쳐다보기만 한다.

"아무래도 죽은 거 같은데."

"그렇지? 안 되겠다. 묻어주고 가자."

이리저리 살피던 아빠는 삽으로 땅을 판다. 같이 살려고 잔뜩 부풀어 있던 나도 풀이 죽어버렸다. 이젠 더 이상 데려가자고 떼를 쓸 수도 없다. 한 1미터쯤 팠을까 삼촌이 구덩이에 노루를 눕히려는 순간, 거짓말처럼 깜빡하고 까만 눈을 떴다. 그리고 몸도 두어 번 흔든다.

"어라, 이놈 좀 봐라."

"그 놈도 죽기는 싫은가 보다."

다시 땅을 메우고 차로 간다. 부르릉 소리를 내는 차가 진흙땅을 밀어내며 산을 내려간다. 자동차 뒤창으로 어미 노루의 슬픈 눈망울이 보인다.

"끄으으으"

이상한 울음소리가 따라온다. 노루의 모습은 보이지도 않는데 울음소리는 자꾸만 우리를 따라온다.

노루!

펼쳐진 아이의 일기장 위로 눈물이 뚝뚝 떨어진다.

애써 가둬둔 마음이 걸어둔 빗장을 밀고 몰려나온다. 오래도록 기다렸던 밀물이 몰려오듯 사정없이 심장을 두드린다. 휘몰이장단이다. 폭풍이 밀려온다. 그리움의 폭풍.

"음, 으으으……. 으아."

무언가에 가위눌린 듯 헛꿈을 잡는 그를 흔들어 깨운다. 눈을 뜬 그는 한동안 멍하니 있다 입을 뗀다.

"음, 꿈을 꿨나봐. 산소가 보여. 그동안 비도 많이 왔었고……. 오늘 시골에 한 번 가봐야 할 것 같은데."

"뭐, 별일이야 있겠어요? 당신이 생각을 너무 많이 해서 그럴 거예요. 걱정 마요."

말은 그렇게 했지만 유난히 길었던 이번 장마와 평소엔 꿈같은 건 잘 기억도 못하는 그였기에 가슴 저 밑바닥에서부터 밀고 올라오는 불안함을 떨쳐버릴 수가 없다.

거실로 나오니 일찍 깬 아이들이 무슨 프로그램인지 TV 앞에 붙어 앉아 넋을 내놓고 있다. 지나면서 슬쩍 보니 아마도 버려진 유기견들을 입양시켜주는 프로그램인 거 같다.

"엄마, 우리도 저 강아지 한 마리 키워요. 저기 가면 그냥 준대요."

"난 이걸로."

둘째는 아예 털이 꼬불꼬불 말린 하얀 강아지를 손으로 가리킨다.

"엄마, 이거 봐요. 불쌍하잖아요. 애는 주인이 버려서 다른 주인을 만났는데 또 버림을 받았대요.”

그렇게 생각하고 보니까 그런지 하나 같이 슬픈 눈빛을 하고 있다. 쇠창살 속에 갇힌 채 차가운 바닥에서 새로운 주인을 기다리는 운명. 저러다 아무도 안 데려가면 아마도 안락사를 시킨다지. 동정심이 꾸물꾸물 올라오는 걸 애써 미끄러뜨린다.

“안 돼. 엄마는 털 알레르기도 있잖아.”

“아이, 엄마. 그럼 털이 아주 짧은 걸로.”

“자, 빨리 시골에 갈 준비나 하자. 어서.”

화재를 다른 곳으로 돌려 위기를 모면한다. 한 번 애완견 이야기가 나오면 끝이 없다. 외로움을 집에서 기르던 강아지로 달래던 어린 시절을 생각하면 너무도 당연한 요구이지만 아파트 생활에선 그게 참 힘들다. 키우는 어려움보다 더 두려운 건 사실 이별에 대한 두려움이다. 강아지가 있으면 당연히 애정을 쏟을 것이고 그러다 보면 가족 이상의 친밀감이 싹트기 마련인데, 병으로든 수명이 다해서든 이별하는 순간이 오면 그 슬픔을 아이들에게 어떻게 감당하라고 할 것인가에 대한 두려움.

아이들이 준비가 되는 대로 시동생 집으로 출발했다. 무거운 마음 때문인지 시골로 가는 길에 그와 난 말이 없다.

“괜찮을까?”

“괜찮겠죠.”

지극히 간단한 대화만 오고간다. 옅은 비에 고속도로는 온통 안개 밭이다. 그의 마음은 벌써 산소에 도착해 있을 거다. 근래엔 웃어본 적이 까마득하다. 아이들이 우스운 얘길 해도 크게 웃음이 안 나온다. 밥 먹다가 욱하고 올라오는 생각들에 지기라도 하면 갑자기 화장실로 뛰어 들어가기 일쑤다. 그러면 다시 나온 얼굴은 벌겋게 고양이 눈이 되어 있다. 내가 울면 그도 울고 그러다 보면 애들도 울고 결국 온 집을 눈물바다로 만들어버린다. 그래서 우리 집엔 금지 단어가 생겼다. 그 단어만 들으면 쏟아지는 눈물 때문에 다들 약속이나 한 것처럼 마음을 모아버렸다.

하늘에 구멍이 뚫린 건지 아직도 비가 온다. 아주 많이 오는 건 아니지만 계속해서 쉴 새 없이 온다. 저 멀리 '×× 2리'라고 적힌 팻말이 점점 다가온다. 팻말을 따라 그리운 얼굴도 먼저 달려온다. 달려오는 속도만큼 빗줄기도 점점 거세진다.

"야야, 도시에서 편안하게 살았을 긴데 여 촌까지 와서 고생이 많제. 그래도 우짜것노. 마, 속을 푹 끼리거래이."

'속을 끓이라고?'

약 올리는 것처럼 들리는 어머니의 숨은 속뜻을 알아차리는 데는 그 후로도 아주 오랜 세월이 필요했다.

그렇게 일흔이 넘은 나이에 맞은 맏며느리를 얼마나 기다리셨던지 불면 넘어질세라 놓으면 다칠세라 어머님의 며느리 사랑은 작은 것에서부터 시작되었다. 빠듯한 시골 살림에 돈으로는 당신이 해줄 것이 없음을 항상 죄인처럼 생각하셨지만, 명절이고 제사고 당신 손을 놀리는 일은 없었다. 내려가서 할 테니 가만히 계시라고 매번 당부를 드려도 항상 일을 끝내고 기다리는 어머님의 따스한 마음이 먼저 달려 나온다.

모두들 따라 나설까봐 살짝 갈 사람들을 보내고 아이들을 한 방에 몰아넣고 동서와 거실에 마주앉는다.

"아주버님이 마음이 많이 쓰이시나 봐요?"

"응, 간밤 꿈자리가 좀 뒤숭숭하다고 해서."

"역시, 맏이는 하늘이 주시나 봐요. 애들 아빠는 그런 것도 없는 거 같던데."

"뭐, 맏이라고 그러나. 생전에 잘한 게 없어서 그렇지."

"전 말이에요. 어머님 돌아가시면 아주버님은 그냥 덤덤하고, 애들 아빠가 엄청 많이 울 줄 알았거든요. 왜 효자잖아요. 근데 의외로 덤 덤하고, 아주버님이 계속 우셔서 깜짝 놀랐어요."

"그건, 그렇지. 아마도 가슴에 맺힌 게 많아서 그럴 거야. 서방님이야 평소에 잘 해서 한이 안 남겠지만, 애들 아빠 잘 한 게 없으니 생각나 는 것마다 다 한이지 뭐. 왜 안 그렇겠어, 나도 그런 걸."

피자 두 판을 마파람에 게 눈 감추듯 먹어치우는 아이들을 보면서 이런저런 얘기를 나누고 있는데 도무지 연락도 없다. 전화를 해도 안 받고 비는 점점 거세지고 천둥번개까지.

"아무래도 산소에 무슨 일이 있나보다. 그러니까 이래 늦지."

"그러게요. 우리가 진작 한 번 가보는 건데."

비는 계속 늘었다 줄었다 하면서 하늘은 여전히 어둡다. 돌아오고 도 남았을 시간을 이미 두 시간쯤 지나 걱정스러움만이 남았을 때 그 가 도착했다.

"노루다."

큰애가 외치는 소리에 모두들 놀라서 뛰어나간다. 시동생이 노루를 안아 내리고 작은 접시에 우유를 담아 라면상자 같은 곳에 넣어 준다. 추위와 두려움에 떨고 있는 어린 노루가 제 몸조차 힘에 겨운 듯 쓰러 진다. 누워있는 걸 보니 다리에 피가 난 생채기들이 서너 군데나 더 보

인다. 그래도 많이 깊어 보이지는 않는다. 조금 정신이 드니 노루는 혀로 그 핏자국을 핥고 있다. 눈은 사람들을 경계하는 듯 무거운 머리를 들었다 내렸다를 반복한다.

"어떻게 된 거예요?"

우루루 병아리처럼 몰려드는 아이들을 물리치며 다그치듯 묻는다.

"아, 산소에 갔는데 글쎄 꿈에 본 것과 똑같은 상황이 벌어져 있는 거야. 꿈에 무덤이 둘로 쪼개지는 것 같았거든. 비가 와서 옆 흙벽이 무너지면서 산소로 물이 넘쳐나서 골이 파지고 있었어."

"어머나, 세상에 마침 잘 갔네요."

"그러게 말이야. 딱 맞춰서 갔지. 그래서 동생이랑 그걸 다 막느라고 이래저래 뛰어다녀서 겨우 보수를 하고 돌아오려는데 어디서 '꺄아악!' 하고 괴성이 들리는 거야. 그래서 달려가 보니 글쎄 이놈이 수로에 끼어서 허우적대고 있는 거야. 그냥 두고 오려니까 왠지 기분이 찜찜해서 말이야. 딴 데도 아니고 산소 옆인데……."

"근데 어쩌지요? 뼈라도 부러진 거 아니에요? 병원에 데려가야 하는 거 아니에요?"

"일단은 동물보호소라도 데려다주려고. 오다가도 한 번 축 늘어져서 죽은 줄 알고 묻으려고 동생이랑 땅을 막 파는데 이놈이 벌떡 일어나는 거야. 그래서 두고 올 수가 없었어."

"잘 했어요. 그럼 전화부터 해봐요."

그는 내가 뭐라고 할까봐 자꾸 눈치를 본다. 하지만 이미 데려온 걸 뭐라고 하면 무엇하나? 그리고 그가 무슨 마음으로 데려왔을지 짐작이 간다. 갑자기 한 마리 어미 잃은 강아지 같은 그가 한없이 불쌍한 생각이 들어 기쁘게 동조해준다. 사실 나라도 그랬을 테니.

그런데 참 난감한 일이다. 여기저기 동물병원에 전화를 해보았지만 자기들은 개, 고양이 같은 애완동물을 돌볼 뿐이지 야생동물은 봐줄 수가 없다고 한다. 그리고 시골에는 아예 동물보호협회도 없다는 게 아닌가? 참 우습지 않은가. 야생동물은 시골이 더 많은데 야생동물보호협회가 시골에 없으면 어디에 있어야 한다는 건지 한참을 생각해도 모를 일이다.

"무슨 수의사들이 다 이 모양이야? 대학 다니면서 다 배웠을 거 아니냐고. 설마 개 고양이만 치료하는 걸 배우지는 않았을 텐데 도대체 야생동물은 생명도 아니라는 거야 뭐야?"

막 화를 냈다. 할 수 없이 집에 와서 맡기려고 서둘러 짐을 싸서 노루를 차에 태우고 바쁘게 달려온다. 그는 괜찮다고 했지만 혹시 트렁크에 실린 노루가 상자 안에서 숨이 막히진 않을지 아이들은 몇 번을 물어 본다.

올라오는 길에도 계속 전화를 한다. 여기저기 114에 물어 병원을 수소문해 보았지만 모두들 같은 말뿐이다.

"하나 같이 돈만 알아가지고 이놈의 세상이 어떻게 되려고."

이번엔 그도 화를 낸다.

그 사이 아이들은 노루를 키우자고 계속 떼를 쓴다. 하지만 난 아주 무서운 얼굴로,

"안 돼"

하고 단번에 무시해버린다. 내가 뱉은 말의 서늘함에 스스로 놀란다.

그러곤 갑자기 생각난 119에 전화를 한다.

"저, 죄송한데요. 물어볼 곳이 여기밖에 없어서요. 산에서 다친 노루를 한 마리 데려왔는데 어디다 데려다 주어야 하는지 몰라서요. 동물 병원은 전부 안 된다고 하고……."

"네, 구청 환경과로 연락해 보세요. 전화는……."

"예, 감사합니다. 감사합니다."

보이지도 않는 사람을 향해 계속 머리를 구부린다.

"에이."

아이들은 기분이 상하는 모양이다. 노루랑 같이 살 생각으로 부풀어 있었는데 다 물거품이 되고 말았으니.

"아주머니 정말 감사합니다. 이렇게 고마운 사람이 어디 있습니까? 곧 사람을 보내겠습니다. 감사합니다, 정말 감사합니다."

"얘들아, 그 사람들 오려면 시간이 좀 걸릴 테니 노루가 뭘 먹는지 인터넷으로 한 번 알아봐라."

"장인어른께 여쭤보지? 시골 사셨으니 노루도 보셨을 텐데."

"아버진 아마 잡아먹자고 하실 걸요?"

이렇게 말하고 친정에 전화를 건다.

"뭐? 노루? 잡아먹자."

“새끼인데 다쳤어요. 동물협회 사람들 오라고 했으니 곧 올 거에요.”

전화를 끊고 나오려는 웃음을 참으며 그에게 전한다.

“정말 잡아먹자 그러시네요. 나 원 참.”

이윽고 벨이 울리고 동물협회 사람들인 줄 알았는데 친정어머님과 아버님이었다. 큰애는 언제 나왔는지 이렇게 말했다.

“할아버지, 잡아먹으면 안 돼요. 빨리 가세요. 우리 집에 오지 마세요.”

“고운아, 어른한테 그러면 못쓰지.”

그는 목소리에 힘을 주고 나는 눈을 흘긴다. 큰애는 머리에 뿔이 돋아 쾅 소리 나게 문을 닫고 방으로 들어가 버린다.

“우유를 줬는데 안 먹네요.”

“야, 그거 10만 원짜리는 되겠는데.”

아버진 아직도 미련이 남으셨나 보다.

“노루는 영물인데, 그런 거 잡아먹으면 안 좋아요.”

어머닌 아버지께 한마디 하시고 내게도 말씀하신다.

“야채 종류를 줘보지 그랬냐. 두고 오지 뭐 하러 데려왔냐? 빨리 보내라. 야생은 원래 잘 죽는데……”

냉장고를 뒤져서 콩잎을 놓아준다. 하지만 여전히 노루는 반응이 없다. 그래도 이젠 고개는 든다. 죽지는 않겠다 싶다.

“여보, 우유를 주면 안 된대요. 여기 보니까 분유를 타서 주라는데요……”

“못 핥아먹는 거 아이가? 아이 먹는 우유병 같은 거 없나?”

이러면서 시간은 자꾸 가는데 온다는 사람들은 소식이 없더니 늦어서야 연락이 온다.

"정말 죄송한데요. 장맛비 때문에 수해 복구하는 곳에 사람들이 다 가버려서 그러는데 하룻밤만 재워주면 안 될까요? 내일 아침 일찍 꼭 사람을 보내드릴게요."

"재우는 건 문제가 아닌데요. 빨리 병원에 데려가야 할 거 같은데 동물병원에는 받아주질 않아서요. 뭘 먹는지도 모르겠고."

"네, 내일 우리가 약 들고 찾아가 볼게요. 먹을 것도 좀 가지고 가든지. 힘들더라도 그때까지만 좀 봐주세요."

통화를 엿듣고 있던 아이들은 갑자기 환호성을 올렸다.

"엄마, 노루 우리 집에서 자는 거예요? 그냥 우리가 계속 키우면 안 돼요?"

"그래, 우리가 키워요. 엄마, 제가 밥도 줄게요. 학교 갔다 빨리 와서 같이 놀아주고요"

"안 돼. 봐, 뭘 먹지도 않잖아. 저러다 굶어죽는단 말이야."

"엄마, 그래도요."

"생각 좀 해봐라. 노루 엄마가 얼마나 기다리겠니? 넌 엄마랑 떨어져 지내면 좋겠니? 노루도 마찬가지야. 자기가 살던 곳이 제일 좋은 거야. 그리고 엄마가 있는 곳에서 함께 살고 싶을 거라고."

"엄마, 하지만 그 아저씨들이 데려가면 그곳에 못 데려가잖아요. 그럼, 영영 엄마는 못 만나잖아요."

"……."

그와 난 서로 눈만 쳐다보고 있다. 그건 아이들의 말이 맞는데 하는 생각에 마음이 흔들린다. 그러다가 그가,

"그냥 우리가 키울까?"

한다.

"아이 참, 당신까지 왜 그래요? 안 된다는 거 뻔히 알면서 마음 약해지게."

우리의 이야기를 가만히 듣고만 있던 노루가 갑자기 콩잎을 한 쪽 베어 문다. 그리곤 염소처럼 웅얼웅얼 잘 씹어 넘긴다.

"엄마, 이것 보세요. 얘가 콩잎을 먹어요."

"정말이네. 수박껍질도 좀 줘봐라."

좀 전에 먹었던 수박껍질을 아주 얇게 썰어온 그가 한마디 한다.

"엄마, 이젠 우리가 키워요. 음식도 먹잖아요."

더 이상 물러설 곳이 없다. 어미와 영영 이별을 시켜야 한다는 게 걸려 마음을 바꾼다.

"아유, 안 되겠다. 좋아, 그럼 노루가 나을 때까지 만이야. 며칠만 데리고 있다 다 나으면 데려온 그곳으로 돌려보내 주는 거야 알았지?"

"와아."

아이들은 서로 손을 마주치고 그도 좋아서 박수를 친다. 이럴 때 보면 정말 아이 같다.

그리곤 동물협회에도 전화를 걸어 의사를 전달한다.

"그러면 제일 좋지요. 정말 너무 고맙습니다. 우리가 해야 할 일인데, 아주머니 정말 복 받으실 거예요."

이젠 조금 사람에게 익숙해진 노루에게 살며시 다가가 상처에 소독도 해준다. 가만히 살펴보니 정말 강아지처럼 작은 것이 얼굴도 참 예쁘게 생겼다. 코끝은 반짝반짝 윤기가 나고 까만 눈은 별처럼 초롱초롱하다. 그 사이 다 나은 것 같다. 그런데 얼굴엔 쪼글쪼글 주름이 잡혔다. 보고 싶은 얼굴이 살짝 노루 뒤로 떠올랐다 사라진다.

싱싱한 생물로 사뒀다며 동서가 챙겨준 가자미를 조려서 노루 때문에 늦은 저녁식사를 하다 그만 툭 터져버렸다. 큰애를 낳고 까칠한 입맛에 아무것도 넘기지 못하고 있을 때 어머님께서 사 오셨던 바닷가에서 갓 잡은 싱싱한 가자미. 그 가자미를 넣어서 시원한 미역국을 끓여 먹이리라 생각하고 버스에 시외버스에 고생도 마다않고 들고 지고 오셨건만 도시에서만 자란 며느리는 비린내 난다고 입도 안 대는 실수를 범하고 말았었다. 산후조리 도와주러 온 분이 그 가자미를 벌건 양념을 해서 먹는 모습을 편치 않은 눈으로 뚫어져라 보시며 당신은 입에도 안 대시던 모습이 떠올라 정말 맛있게 잘 먹고 싶었는데. 울퉁불퉁 무를 깔고 가운데가 불쑥 솟아나온 모습으로 누워있는 가자미를 보는 순간, 굽은 허리 때문에 베개를 몇 개나 깔고 누워 가쁜 숨을 몰아쉬시던 어머님의 모습이 겹쳐진 것이다.

어머니!

그가 베란다에 상자를 놓아두었는데 유리문이라 서서보면 노루가 다 보인다. 이젠 잠이 오는지 깔아준 수건에 코를 박고 온몸을 동그랗게 말아 누웠다. 아이들은 몇 번이고 다가가서 보고 또 보곤 한다. 그러다 둘째는 이렇게 말한다.

"잘 자라. 노루야, 내일은 다 나아라. 그래서 나랑 재미있게 뛰놀자."

잠이 깨자마자 노루가 있는 베란다 창으로 다가선다. 상자 뚜껑을 닫아둬서 어떤지 알 수가 없다. 아이들을 깨우려고 방으로 가니 어젯밤에 쓰다 잠들었는지 일기장이 펼쳐져 있다. 괜히 궁금한 생각이 들어 들여다본다. 평소엔 열 줄이 고작인 애가 참 많이도 썼다.

7월 9일 일요일, 노루가 우리 집에 왔다

삼촌 차는 뒤뚱뒤뚱 오리걸음으로 산을 올라간다. 별로 높지도 않은데 길이 꼬불꼬불해서 차가 움직일 때마다 나도 왼쪽으로 오른쪽으로 트위스트 허리춤을 춘다. 비까지 와서 질퍽질퍽한 길을 선명한 타이어 자국으로 꾹꾹 눌러준다. 밟힌 진흙땅들이 이리저리 불쑥불쑥 튀어 오르며 아우성을 친다. 점점 와이퍼가 바빠진다. 산에는 온통 뿌연 안개가 병풍처럼 둘러 퍼졌다.

"넌 여기서 꼼짝 말고 있어. 삼촌이랑 금방 다녀올 테니."

"나도 갈래요."

인기척을 느꼈는지 큰애가 먼저 깬다.

"엄마, 노루는?"

"응, 아직 자나 봐."

깨워도 안 일어나는 일이 다반사인 애가 눈곱이 낀 눈을 두 손으로 비비면서 벌떡 일어난다. 근처에 가지 않기로 아빠와 약속을 해서인지 유리창 밖에서 바라보기만 한다. 그때 그가 나온다. 노루가 있는 곳의 문을 열자 그 소리를 듣고 절뚝이는 걸음이지만 후다닥 노루는 도망을 쳤다. 시골집에서 나는 것 같은 눅눅한 냄새도 함께 날아들었다.

"부러진 게 아니었구나."

그가 말한다. 간밤에 별로 먹은 게 없단 생각이 나서 아침부터 음식을 갖다 주니 또 본척만척한다. 따라가면 더욱 구석으로 숨어버린다. 베란다에는 화분이 많아서 숨을 구석이 너무 많다. 할 수 없이 음식을 두고 베란다 문을 닫은 채 피해준다. 그런데 하필이면 노루가 태풍에 비가 새는 구석자리를 보금자리 삼아 눕는다. 다가서면 또 도망칠 테고……. 어쩔 수가 없다.

하루 종일 아무것도 안 먹는 듯한 노루 탓에 모두 걱정이 길어진다. 노루란 말에 잡아먹자 하던 어머니, 아버지도 걱정이 되는지 몇 번이나 전화가 오고, 옆집에서 얻었다며 분유를 가져온다. 우유병이 없어서 약병에라도 넣어 먹이라고 가져온다.

결국 모든 사람들의 생각이 노루에게로 집중되었는데 노루는 그 사실을 아는지 모르는지 도통 먹을 생각을 않는다. 다시 동물보호협회와 통화를 한다.

"얘가 아무것도 안 먹어요, 어떡하죠. 뭘 먹여야 하죠?"

"그러게요. 뭘 먹을까요?"

참 답답한 노력이다. 무슨 동물보호협회가 아는 게 아무것도 없는지 한심하다. 답답한 마음에 전화에 대고 막 화를 낸다.

"무슨 동물보호협회란 게 그런 게 어디 있어요? 뭘 먹는지도 모른단 말이에요?"

그리고 얼마 후 전화가 와선 상추를 먹이라고 한다. 아주 여린 상추를. 그리고 어둡게 하고 사람들 안 보이게 하라고. 우린 TV만 켜둔 채 모든 불을 끄고 우린 대신 눈에 불을 켰다. 노루의 식사를 위해.

하지만 본척만척하는 상추. 도무지 무슨 생각을 하는 건지. 집이 그리운 건지. 노루야, 노루야, 제발 좀 먹으라고…….

비가 계속 온다. 부슬부슬 소리도 없이 눈물 같은 비가 온다. 둘째는 저녁시간인데도 학교에서 돌아와선 계속 부어있다. 왜 그러냐니까 아이들이 우리 집에 노루가 있다고 했는데 안 믿는단다. 지금은 아파서 보여줄 수가 없고 다 나으면 보여준다고 했는데도 자기 말을 안 믿는다고 투덜투덜 댄다. 그러면 사진으로 찍어서 보여주라는 언니 말에 겨우 조용해진다.

노루는 더 이상 박스 안에서 나오려고도 하지 않고 가만히 누워만 있다. 약 갖고 들르겠다는 그저께의 약속을 어겨버린 것처럼 먹을 것을 갖고 오겠단 그들은 오늘도 오지 않는다.

어제처럼 별의별 시도를 다 해보지만 노루는 도무지 도망칠 궁리밖에 안 한다. 전화를 하니 장마라 사람이 없다는 말만 되풀이할 뿐 답답기만 하다. 결국 상자 속에 먹을 것을 넣어주고 다시 잠을 청한다.

오전 내내 그들을 기다리다 결국 상추를 두고 집을 나섰다. 무슨 동물병원이 야생동물이라고 안 받아주는 게 어디 있어 허공에 대고 소리를 쳤다. 불편한 몸으로 음식을 끊고 누워있는 노루를 보면 떠오르는 그림이 있어 더 가슴이 아프다. 그렇게 안 먹는다고 애를 태우더니.

야생동물은 받아주지 않는다는 동물병원들을 욕하며, 수해복구에 노루 한 마리 목숨쯤이야 뒤로 미룰 수 있는 협회 사람들을 향한 원망의 말을 하며 늦은 출근을 한다. 이젠 둘째에게 바통을 넘겨주고. 오후 1시쯤, 노루는 어떠냐고 그에게서 전화가 왔다. 잠시 생각을 놓고 있었다. 협회에 다시 연락해 봐야지 하던 생각도 그만 놓쳐버렸다.

"음, 안 먹어요. 움직이지도 않고 그 사람들도 안 오고."

집으로 전화를 했다. 역시나 아직도 안 먹는단다.

"따뜻하긴 하니?"

"응, 그런 거 같은데요."

왠지 털어버릴 수 없는 불길한 예감에 조금 일찍 집으로 간다. 들어서자마자 베란다에 노루가 든 박스를 열어 본다. 꼼짝도 하지 않는 노루를 보고 불안한 마음에 그에게 전화를 건다.

"이상해요, 안 움직여요."

"만져봐, 죽었나, 살았나?"

"몰라요, 못 만지겠어요."

아직 따스한 체온이 남아있는 것 같은데 만져도 움직이지 않는다. 갑자기 찰흙처럼 딱딱하게 굳어버린 주검이 스치고 지나간다. 평소 겁 없는 나인데 왠지 노루를 들어 올릴 수가 없다.

협회랑 통화를 하는데 이상해 보인다고 하니,

"그럼 안 돼요. 걔들이 원래 잘 죽어요"

한다.

"알면서 그러고 있었어요? 빨리 병원이라도 데려가야 할 거 아니에요."

깜짝 놀라도록 소리친다. 그제야 직원을 보낸단다.

"아니, 봐주는 동물병원이 있으면 가르쳐 주세요. 제가 갈 테니."

"직접 가시게요? 저희가 할 일인데 이거 죄송해서 어쩌나요?"

"있으면서 이제야 가르쳐 주는 거예요? 봐주는 병원이 있었음 벌써 가르쳐 주었어야 할 거 아니에요? 그럼 벌써 영양주사라도 놓았을 건데, 이게 뭐에요? 왜 이제야 가르쳐 주는 거예요?"

"저희도 경황이 없어서……."

밖에는 아직도 비가 내린다. 하늘도 회색지붕을 뒤집어 쓴 듯 먹구름이 가득 메우고 있다. 우산은 쓰고 싶지도 않다. 그런 걸 챙길 여유도 없었지만 내 마음이 이미 비인 걸. 애들은 노루가 든 상자를 들고 난 운전을 한다. 가르쳐 준 병원은 어이없게도 바로 집 근처에 있다.

의사 선생님은 보자마자,

"죽었어요. 벌써 서너 시간 전에"

하신다. 갑자기 눈에서 눈물이 흘러내린다. 자꾸만 입술을 깨무는데 눈물이 흘러내린다. 아이들도 훌쩍거린다.

"좀 더 일찍 오시지 그러셨어요?"

"그러려고 했어요. 그런데, 그런데. 아무도 받아주질 않았어요. 여기 봐주는 병원이 있다고 가르쳐주지도 않았어요."

"정말요? 동물보호협회는 우리 병원이 여기 있는 거 다 아는데."

"그러게 말이에요. 제가 물어봐도 안 가르쳐줬어요. 일찍 가르쳐줬으면 벌써 왔을 텐데."

"원래 노루가 잘 죽습니다. 가만둬도 성질이 말라서 제 성질을 자기가 못 이겨 죽어요."

"그래도 영양제라도 맞혔으면 살았을 텐데."

"그건 그럴지도 모르지요. 하지만 너무 슬퍼 마세요. 개 수명이 그것밖에 안 됐다고 생각하세요."

손을 덜덜 떨며 겨우 그에게 전화를 한다.

"죽었대. 노루가……. 자기 전화했을 쯤에."

"그래, 기분이 이상하더라고. 결국. 흑흑흑."

그도 전화기 너머로 계속 울고 있다. 아니 운다는 말이 어울리지 않도록 아예 통곡을 한다. 그의 울음을 들으며 그랬구나, 그랬구나 하는 생각이 점점 더 강렬해진다. 그의 목소리가 얼마나 슬픈지 아이들도 눈물이 더 펑펑 쏟아진다.

"내가 데려오는 게 아니었는데, 내가 데려오는 게 아니었는데……. 엄

마, 산소 옆이라, 차마 그냥 두고 올 수가 없어서……. 나 때문에 미안
해. 당신에게 못 할 일을 시켜서, 미안해. 미안해. 흑흑흑.”

아이들도 나도 전화 속의 그까지 통곡을 하며 모두 노루의 죽음 앞
에 한마음이 되었다. 눈치 없는 눈물이 비처럼 흘러내렸다. 의사 선생
님도 어쩔 줄 몰라서 바라보기만 한다. 체면 모르는 눈물이 그칠 줄을
모른다. 그날보다, 지금까지 한 번도 본 적이 없을 만큼 눈물이 쏟아
진다. 의사 선생님이 화장을 할지 산에 묻어줄지 물어본다. 그에게 물
어보고는 울면서,

“화장해 주세요”

한다. 묻어주자 하고도 싶었지만 그러면 그 무덤 앞에서, 그때처럼
더 크게, 끝도 없이 울게 될 거 같아 그만두었다.

집으로 돌아오는 길에 두 눈이 벌겋도록 울어대는 큰애에게,

“괜찮니”

라고 한마디 한다.

“할머니라고 생각했는데, 할머니가 살아온 거라고 생각했는데”

하고 울먹이는 목소리로 말했다.

“언니두야?”

작은 애도 말한다. 금지된 말이 살아서 나타난다. 결국 온 집이 또
눈물바다가 된다. 노루의 모습으로 다시 살아온 어머니를, 모두들 그
렇게 다시 함께 살고 싶었던 어머니를, 그렇게, 또다시 어이없게…….

어머니 얼굴이 다가온다.

98, 76, 54, 32…….

“펌프하세요. 산소마스크 하고.”

“툭” 피가 터지듯 한 쪽에서 곡성이 터진다. 이미 준비된 이별인데, 멀지 않은 시간에 찾아올 손님이었는데, 이성이 이해하는 사실을 눈물은 이미 이해를 거부해버렸다.

하늘은 회색 물감으로 덧칠을 하고 바람은 잔잔히 잠을 자다 깨다 하는 중에 부슬부슬 소리 없는 비가 가는 길을 재촉한다. 눈물인지 빗물인지 모를 물기로 얼굴을 덮은 상주들이 꽃상여를 따른다.

당신이 수술하면 자식 학비를 댈 수 없다고 스스로 장애인이 되는 길을 선택하신 어머님의 마지막은 90도로 꺾인 허리를 펴는 일로 시작되었다. 그 굽어진 허리 때문에 당신이 목숨보다 아끼던 자식들은 또 얼마나 많은 피눈물을 쏟았던가? 그 따스한 심장의 열기가 까만 재로 식기 전에 과거를 되돌리며 굽어진 다리를 펴려는 노력은 또 얼마나 계속 되었던가?

“아야야, 아야예. 아야야.”

한 번 자면 깰 줄 모르는 그도 깰 정도로 새벽이면 아야야를 외치시던 어머님. 하지만 달려가도 일어나지도 앉지도 못하시던 어머님. 퀭한 눈으로 우리를 알아보는지 못 알아보는지도 모르게 허공을 향해 아야야를 외치던 당신의 손을 잡으면 억센 당김으로 일어서려고 안간힘을 썼다. 하지만 번번이 실패였다. 그리고 또 아야야. 들어갔다 나갔다를 몇 번이나 거듭한 후 우리도 그만 포기해버렸다. 당신의 아야야를 자장가 삼아 다시 잠으로 빠져 들어갔다.

동생이 집에서 모시겠다는 각오도 한 달 만에 끝이 났었다.

“제발 나 좀 죽여도. 약 좀 사와라.”

“어머님, 그게 무슨 말씀이세요. 어머님이 이러시면 우린 어쩌라고요."

"해준 것도 없는데 너거 짐만 되고, 제발 약 좀 사도고. 부탁이다."

혼자선 일어서지도 못하는 어머님이지만 아이처럼 떼를 쓰실 땐 아무도 못 말리는 힘이 솟았다. 그런 어머님이 불쌍해서 그저 생각만 해도 눈물만 가득인데 당신은 계속 약을 사달라고 떼를 썼다. 그리곤 그게 안 통하니 이번엔 음식을 안 드셨다. 그나마 미음으로 만들어서 겨우 드시게 하면 금방 다 토해버린다.

"난 오래 못 간다. 그저 속상하더라도 속을 푹 끓이래이."

조금이라도 거동이 될 때는 자식 짐이 안 되도록 해야지 하는 고삐로 단단히 버티었는데 거동이 불편해지니 모든 걸 포기하려 하였다. 어머님의 90도로 꺾인 허리. 아픈 거보다 우릴 위해 그만 살려는 그 모습이 너무 애처로워 가슴이 찢어졌다. 얼마나 당신에게 못난 자식이면 마음 편히 의지도 못하고 저런 생각을 다 할까 하는 죄송스러움에 그저 눈물만 날 뿐이었다.

"형님, 제가 모시는 게 힘들어서가 아니라 저대로 두면 굶어 돌아가실 거 같아요. 병원으로 모셔요, 네?"

"의논해 볼게요."

병원에는 절대로 모시면 안 된다고 반대하던 손위형님도 차마 굶겨 죽일 순 없다는 말 앞에 무릎을 꿇었다. 노인 병동으로 모셔야 한다는 난감함에 결코 결정을 내리고 싶어 하지 않던 그도 결국 손을 들었다.

그래도 정신이 있을 땐 식사도 챙겨드리고 이야기도 해드리니 매일 가는 수고도 기쁨으로 맞이할 수 있었다. 집에서 죽까지 끓여 챙기는 일이 생겨도 그동안 못 모시고 산 세월을 속죄하는 마음으로 버틸 수 있었다. 하지만 당신이 그렇게 귀여워한 손녀들도 못 알아보고, 그렇게 짐이 되고 싶어 하지 않았던 아들 얼굴도 못 알아보는 모습을 까맣게 타는 가슴으로 지켜보아야만 하는 것이 가장 힘든 일이었다.

병원에 입원하고 난 후론 날 알아보지도 못하고 하늘만 보았다. 이젠 아야야 소리조차 내기 힘든 모양이었다. 목에는 가래가 차지 않도록 구멍을 뚫어서 숨을 쉴 때마다 소리가 났었다. 가래가 막히면 돌아가신다고, 간호원이 긴 호스를 끼워서 한 번씩 가래를 뺄 때면 당신 얼굴은 벌겋게 상기되었다. 허어억! 허어억! 가쁜 숨을 쉬는 걸 볼 때면 저러다 금방 숨이 끊기는 게 아닌가. 조마조마한 적이 한두 번이 아니었다.

98, 76, 54, 32……

"펌프하세요. 산소마스크 하고."

삐익! 삐익! 잦게 울리는 기계음이 다급해진 마음을 조여 온다. 입 안이 바짝바짝 마른다. 수간호사의 손놀림이 바쁘다. 눈으로는 의사의 얼굴만 빤히 바라보며 무슨 선고를 받을지 두려움 가득이다.

"이게 심장박동수인데, 30 이하면 위험합니다. 아무래도 오늘 밤엔 각오를 하셔야 할 거 같습니다. 가족들을 부르시지요."

이제 보름만 있으면 추석이다. 모레는 아버님 제사라 시골집에 간다. 시키지도 않았는데 아이들이 아파트 옆길에 열린 대추나무 열매를 땄다. 언니와 동생이 열심히 대추를 따서 베레모 속에 담아 베레모가 두 주먹보다 더 크게 불룩해졌을 쯤 집으로 돌아왔다.

"엄마, 대추는 안 사도 돼요. 우리가 할아버지 제사지내고 추석에 쓰라고 대추 땄어"

하고 대추를 내민다.

"이런 걸 따오면 어떡해."

하지만 화를 낼 수가 없다. 자기들도 제사라고 뭔가 하고 싶어 하는 마음으로 한 일인 걸 어찌 야단을 치랴. 신난 듯 그에게 얘길 전한다. 제사 때 할아버지, 할머니께 읽어드린다고 편지도 썼단다. 살아서 그 모습을 보셨다면 얼마나 좋아하셨을까 다시금 눈시울이 시큰거렸다.

집을 비우기 전에 청소를 하려고 베란다에 나갔다가 노루가 앉아있던 자리에 놓인 둘째가 쓴 편지를 보고 그만 또 그리움이 터져버렸다.

노루야, 많이 보고 싶어.

내가 너를 키우자고만 안 했으면 너는 지금쯤 넓은 시골에서 뛰놀고

있을 텐데.

미안해!!

하늘나라에서 우리 할머니 만나면 꼭 내 소식도 전해 줘.

할머니 옷을 다 태워도,

할머니 이불을 다 태워도,

내 속에 살아계신 할머니만은 못 태운다고.

한 번도 못 봐도 엄마와 아빠의 이야기로 내 속에 살아와서

나를 지켜주시는 할아버지처럼

할머니도 내내 가슴속에 남아있을 거라고.

너무너무 보고 싶다고,

너무너무 사랑한다고.

3막을 열다

이른, 아침.

세상 모든 것이 고요의 이불 속에서 아직 기지개를 켜지 않고 있을 무렵 미리 준비한 두터운 외투를 걸치고 소리를 내는 물건들을 감춘 채 도둑고양이처럼 현관문을 연다. 여며진 외투 틈새를 비집고 싸늘한 바람이 한줄기 들어와 깊어가는 가을을 알린다. 아직 잠에서 덜 깬 거리의 정적을 외로운 승용차의 바퀴가 양쪽으로 가르고 지나간다. 군데군데 떨어진 빨갛고 노란 단풍잎들이 차창을 따라, 바람을 따라 하늘로 날아오른다.

이른 시간의 외유, 낯설게 다가서는 새벽과 아침. 뻥 뚫린 도로 덕분에 1시간 10분은 족히 걸렸을 거리가 40분으로 단축된다. 갑자기 남아버린 시간. 불 꺼진 강의동 안에서 소리 없이 흘러가는 시간을 바라본다. '옷이 너무 두터운 건 아닌가?' 하는 생각을 '일기예보 봤는데 뭐'가 밀고 지나간다. 갈까 말까 끝없는 줄다리기 속에서 '언제까지 그렇게 살 거니?'에 결국 무릎을 꿇고 여기에 앉아있다.

"한 사람도 안 빠지고 다 가는데 자기도 가지? 안 가면 찍힌다고."

"야, 간 큰 사람이네. 교수님이 가자면 무조건 가야지. 안 가면 큰일 나지."

오늘의 일정을 두고 오고갔던 이야기들이 황망한 머릿속을 이리저리 밀치고 다닌다. '간 큰 사람?'이란 단어를 떠올리니 웃음이 났다. 그래, 참 간 큰 사람이지. 자기 것도 못 챙기는 간 큰 사람. 간이고 쓸개고 다 끄집어내 주고 정작 자기가 죽을 마당엔 운명이려니 묵묵히 받아들일 수밖에 없는 간 큰 사람.

간 큰 사람이란 단어에 깜짝 놀란 그녀의 머릿속에 불현듯 그림이 하나 지나간다. 어쩌면 오늘의 여정을 기록하기 위해 들고 온 그 노트 속에 담겨있을지도 모른다는 생각에 오래된 노트를 뒤적인다. 새로 산 깨끗한 노트를 들고 올 수도 있었으련만 굳이 세월의 흔적이 묻어있는 이 노트를 들고 온 건 아직도 남아있는 가슴속 미련 같은 건 아닐까? 역시 그곳에 시간이 정지된 채 이야기는 남아있다. 이럴 때마다 그녀는 자신이 자랑스럽다기보다 서늘하게 느껴진다. 정확히 기억하는 그 자리에, 있어야 할 것이 있는 순간들. 그것이 비록 불길한 예감과 통하는 일일지라도…….

그는 내 일기를 훔쳐보았다. 가두었던 속마음을 들켜버려 순간 당황스러웠다. 하지만 그것도 내 마음이다. 예기치 않은 충격을 입었을 그에겐 미안하다. 내가 할 수 있는 건 아무것도 없다. 그건 본심이 아니었다고 거짓말이라고 할까? 결국 난 아무것도 하지 않는다. 모든 것이 소용없는 일임을 잘 알기 때문에…….

불편한 새벽이 지나고 아침. 그는 내게 시골에 가라고 했다(오늘은 시댁사촌들이 모이는 곗날이다). 갑자기 출장이 생겨 못 움직인다고, 힘들면 그만두라면서. 난 거절하지 못한다. 아이 넷을 데리고 운전을 해가야 하는 길인데 힘든 걸 뻔히 알고도 왜? 글쎄 그건 나도 모른다. 난 늘 그랬다. 굳이 따지자면 어제 일에 대한 미안함 쯤이라고 갖다 붙일 수 있을까? 하지만 그런 일이 없더라도 거절하지 못했을 것임을 안다.

그렇게 그의 한마디 한마디에 조종당하듯 살아가고 있는 자신의 모습이 떠올라 순간 한숨이 난다. 그가 그렇게 수없이 연구라는 이름의 외유를 다니는 동안에 한 번도 가지 말라고 이유를 댈 수 없었던 그녀. 그건 그의 일이고, 남자의 일을 말려서는 안 된다는 1950년대식 어머니의 사고에 지배당하는 자신의 머리로는 감히 꺼낼 수도 없는 일이었지만. 어머니를 닮지 않으리라 수없이 다짐한 세월이 40년 가까이 되어가건만 자신도 모르는 새 몸속을 휘젓고 다니는 어머니의 그림자를 만나는 일은 결코 달갑지 않다. 그것이 케케묵은 옛 것인 경우에는 더더욱.

얼마나 망설였던가? 결혼 이후 처음 가는 문학여행길임에도 불구하고 남겨진 가족들에 대한 미안함의 부채를 감당할 수 없어 말도 꺼내지 못하는 미련스러움. 그런 자신을 돌아보는 순간 또다시 한숨이 일어난다. 그 미련스러움이 불혹을 목전에 둔 나이에 겨우 대학원의 문을 두드리게 했음에도 불구하고 여지껏 버리지 못하고 있으니.

집을 정리하고 아이들에게 아침을 먹이고, 막내의 짐을 준비해서 나오는데 벌써 진이 다 빠진다. 아직 난 아침도 못 먹었다. 이런저런 생각으로 간밤에 거의 잠을 못자서인지 밥이 넘어갈 것 같지가 않다.

내려가는 길에 계모임에 온 가족들이 나눠먹게 포도나 한 상자 사가야겠다고 마음먹는다. 여기쯤 있었지 하고 돌아보는 순간 포도 장사를 지나쳐 버렸다. 돌아가려니 유턴은 보이질 않는다. 잠시 좀 더 꼼꼼히 살피지 못한 자기를 탓한다. 가다보면 또 있겠지 하는데 좀체 장사는 보이질 않는다.

적당한 시기에 유턴을 찾을 수 없던 그녀의 삶도 언제나 그 원인은 사소한 실수 하나였지 않았던가? 이런 때 지나간 일을 후회하며 기억하는 것은 항상 또 다른 부주의를 만든다.

이런저런 머뭇거림 속에 결국 막내가 잠이 오는지 칭얼대기 시작한다. 처음엔 견딜만한 소리로 끙끙대다가 점점 강도가 높아진다. 할 수 없이 차를 세운다. 그러면 울음은 딱 그친다. 하지만 다시 출발과 동시에 시작되는 울음.

가다 서다를 몇 번이나 했는지 모르겠다. 갈 길은 멀었는데 목이 탄다. 어쩔 수 없지 하는 생각에 차를 세우고 아이를 업는다. 지나가는 차들의 소리에 아이는 움찔움찔 한다. 도무지 잠들 것 같지가 않다. 하지만 다시 출발하면 또 울음이 시작될 터, 그냥 포기하고 계속 재우기를 시도한다. 얼마나 시간이 흘렀을까? 지나가는 차들의 의아함과 동정에 혀를 차는 따가운 시선.

어디선가 본 듯한 익숙한 시선. 첫 애를 키우는 내내 저녁이면 울어대던 아이를 들쳐 업고 동네를 돌며 받았던 바로 그 시선. 그 시선이 모두 살아나서 애써 다독여 둔 그녀의 가슴을 후벼 판다. 세상 속에 내팽개쳐져 버린 듯한 허허로움 속에서 괴로움을 동참하지 않고 늦게 오는 그를 얼마나 원망했던가? 이렇게 고스란히 자신의 몫으로 떠맡기기 위해 아이를 낳았단 말인가 하는 의문.

아이 넷. 상상하기도 힘든 숫자. 10년이란 세월이 어제처럼 여겨지는 날이면 어김없이 넷이란 존재가 그 꿈을 깨게 해준다. "다복하시네요"라는 인사말을 들을 때면 넷을 둔 자신이 그렇게 미련스러워 보인 적이 또 있으랴. 그냥 살다보니 그렇게 되어버렸어요. 그게 답이었으리라. 아이 하나 밑에 들어가는 돈과 시간이나 일, 도와주지 않는 여건들 그리고 그녀의 꿈 등 이런 모든 것들을 아주 잠시라도 이성을 가지고 생각해 보았다면, 30점짜리 수학실력으로라도 한 번만 생각해 보았다면 결코 가서는 안 될 길이었음에도 불구하고 그런 계산을 놓아본 적이 없다. 참 알수 없는 일이다. 어찌 이리 삶을 방기할 수 있단 말인가?

"탕" 하고 두 발을 땅에 내려놓으니 정적이 놀라 기지개를 켠다. 그 위로 얼결에 따라나선 먼지들이 날아오른다. 더 이상 읽어갈 수가 없다. 한심한 자신을 들여다보는 일은 언제나 눈물 없이는 불가능한 일이기에, 오늘은 눈물을 아껴야 한다. 곧 끼어들 인생의 나그네도 생각해야 하니. 하지만 그냥 덮어버릴 수가 없다. 끝이 뻔한 이야기인 걸 알면서도 그 끝을 보아야만 잠들 수 있는 어린아이처럼 생각은 손끝에 매달린다. 다시 한 번 준비운동의 의미로 후~ 하고 한숨을 몰아쉬고 글자를 짚어나간다.

그렇게 우여곡절 끝에 두 시간이면 족할 거리를 네 시간이나 걸려 도착하니 다리가 확 풀렸다.

"간이 커도 너무 큰 여자구나."

시댁 어른들의 즉각적인 반응이었다. 그랬다. 보통사람들이 생각도 않는 일을 자처해서 하는 일이 많은 나는 분명 간이 큰 여자일 거다. 그저 남자의 보살핌 아래에서 화초처럼 나약한 웃음을 지어야 하는 것이 내 임무이거늘. 난 오늘 넘보지 말아야 할 경계를 넘어버린 거다. 남들이 하지 않는 일을 자처함으로 생기는 두 몫의 인생. 다시 떠오르는 악몽의 스크린.

잠들지 못했던 밤, 먹지 못한 아침, 맞추지 못한 시간들이 일제히 빈 위장을 눌러댔다. 그리곤 아침 먹었어요라는 거짓말을 감추려는 듯 음식을 구경하곤 입가심만 한 채 점잖이 물린다. 어차피 잘 먹지 못하는 즐비한 회들이 내겐 어울리지 않는 식사였다.

물과 기름마냥 떠있어야 하는 사람들 사이의 공간. 어쩌면 그 공간을 즐기기 위해 더욱 회를 거부했던 것인지도 모른다. 같이 어울려 한마음임을 확인한다는 것 자체가 이렇게 넷을 데리고 내려온 그녀를 우습게 만들어버리리라는, 결코 그 속에 즐거이 어울릴 수 없는 사람임을 자신에게라도 확인받고 싶어 하는……

벌써 돌아갈 일이 걱정이었다. 지뢰처럼 불쑥불쑥 터지는 막내의 울음 때문에 어떤 귀갓길이 되는지는 자명한 일이었으니까.

그런 걱정을 알기라도 한듯 돌아오는 동안 아이는 타자마자 잠들어 세상모르고 잔다. 이게 웬 떡이냐며 갈 길을 재촉하는데 둘째가 화장실에 가고 싶단다.

아이를 데리고 화장실에서 돌아오는데 뒤통수를 때리는 큰애의 목
소리.

"엄마, 뭐 살 건지 궁금해서 지수가 자니까 내가 문 잠그고 나왔
어."

"뭐라고? 나오지 말랬잖아. 차에 키 꽂혀 있단 말이야."

나도 모르게 금속성의 비명 같은 목소리가 터져 나오고 사고가 정
지된다. 그리고 끔찍한 시간. 고속도로에서 문을 여는 아저씨를 찾는
일이며 기다리는 일이 진행되는 내내 자고 있는 막내가 깨었을 때 느
낄 공포 때문에 가슴이 심하게 방망이질을 쳤다.

결국 아이는 깨서 밖에선 들리진 않지만 진동이 느껴지는 온갖 몸
짓으로 공포를 표현하며 울기 시작했다. 안 그래도 잘 놀라는 아이인
데……. 문이 열렸을 때는 나도 모르게 울고 있는 아이를 껴안고 더
크게 울어버렸다.

험한 세상 속에 내동댕이쳐진 암담한 기분으로. 왜 이 시간에 이런
곳에서 모두 이런 일을 겪고 있어야 하는 건지. 이런 선택을 하게 한
그가, 이런 선택을 한 자신이 도저히 용서할 수 없게 원망스러웠었지.
지금은? 달라지고 싶다고 몸부림을 치면서 달라지지 못하고 있는 자신
의 모습에 또 한 번 그녀는 허허로운 웃음을 지을 수밖에 없다.

그리고 다시 영천.

이정표에선 영천과 경부고속도로의 갈림길을 표시하고 있었다. 갑
자기 심술궂은 하늘은 비까지 뿌리며 나를 약 올린다. 한참을 달리고
보니 잘못 접어든 낯선 길이었다. 대구라는 표시만 보고 갔지만 돌아

서 돌아서 집은 점점 멀어져 갔다.

　문득 돌아서 가는 그 먼 길 위에서 활옷을 입은 내 모습이 떠올랐다. 모두들 앞 다투어 가기를 원하는 편안한 고속도로를 두고 굽이굽이 산골길을 택해서 가야만 했던 나의 결혼 생활이 끝도 없는 장편 영화처럼 상영되고 있었다. 또다시 눈물이 솟구쳤다. 여기까지 참아온 세월의 파도가 다시 하나하나 몰려오며 나를 바다 속 깊이 내동댕이친다.

　걱정으로 이어지는 그의 전화에 현실로 돌아온다. 이미 그는 미안한 마음만이 가득이다.

　나는 집으로 돌아간다.

　사람들에겐 편안함의 상징인

　나의 다른 일터로…….

그래, 그랬었지 하며 다시 되살아난 기억을 떨쳐버리기라도 하듯 그녀는 갑자기 과거 속으로 빠져 들어가 버린 생각을 좌우로 고개를 흔들며 털어낸다. 자의든 타의든 또다시 그런 길 위에 그녀가 서 있다. 역시 하루의 떠남과 돌아옴이겠지만 오늘은 어떤 의미를 또 전달해줄런지.

「가는 것도 못 봤네. 여기 일은 신경 쓰지 말고 즐겁게 잘 놀다 와요.」

'편지 왔어요'인지 '문자왔어요'인지 구분할 수 없는 금속성 음성이 생각에 빠진 그녀를 흔들어 깨운다. '신경 쓰지 말고, 즐겁게, 잘'이란 문자를 누르듯 머릿속에서 글자를 꾹꾹 되씹어 본다. 과연 그런 일이 가능은 한 일인가? 꼬리처럼 답 같은 질문이 따라붙는다.

　그런데 이상하다, 아무도 안 나타난다. 지각생 줄에는 절대 속하기를 싫어하는 사람들이었는데 웬일인지 아무도 안 나타난다. 약속시간에 언제나 20분은 일찍 나타나는 늦깎이 선배님도, 뒤늦게 불붙은 학구열에 시린 눈을 비비며 책읽기에 몰두하는 고희를 앞둔 신입생도 눈에 들어오지 않는다. 정지한 듯한 시간 속에서 일어나 나그네들과의 접선을 시도한다. 결국 확인 전화가 알려준 진실은 그녀의 착각. 황급히 다른 건물로 차를 옮긴다.

시야에 들어선 사람들의 복장을 보는 순간, 아차 하는 마음이 뒤통수를 때린다. 모두들 봄나들이다. 봄나들이 객들 사이에 두터운 겨울 방한복차림으로 나타난 그녀는 영락없는 불청객이다.

"간 큰 사람 왔네! 안 온다더니."

"그렇게 됐어요."

짤막한 인사로 대답을 대신한다. 무슨 영문인지 애초에 차를 몰고 가기로 한 사람이 아침부터 부산하게 변명을 늘어놓는다. 그녀의 쉰 목소리를 따라 피곤한 기색이 역력히 흘러나온다. 얼결에 승합차에서 승용차로 바뀐다. 하이얀 페인트를 갓 뿌린 듯 파리라도 미끄러뜨릴 기세의 그랜저다. 티 하나 없이 고운 진주반지 같이 고운 차에 몸을 밀어 넣고 꿔다둔 보릿자루마냥 어색한 자신을 감춘다.

"야, 이 차 정말 좋다. 자기는 어떻게 아직 젊은데 이런 좋은 차를 몰고 다니는데?"

바뀐 차 덕분에 질문은 자연스레 운전자에게 집중된다. 내비게이션에 TV 그리고 선루프. 그도 모자라 화려한 조명의 계기판까지 환상적인 옵션의 결정체와도 같은 황홀한 차 안의 세 손님은 눈이 휘둥그레지고 의문은 줄을 선다.

"남편이 원래 이렇게 차 꾸미는 걸 좋아해요."

"그래도 남자들이 자기 차나 꾸미지 마누라 차에 관심이 있나 뭐?"

"저희 남편은 안 그래요. 자기 차만 예쁘게 하니까 뭐 미안하대나 뭐래나."

"야, 자기 남편 정말 양심가네. 그럼 남편 차는 뭔데? 하는 일은?"

"에쿠스요. 하는 일은 실내 인테리어구요."

으와! 하고 벌어진 입이 다물어지질 않는다. 분명 아직 마흔도 안 된 나이인데 둘 다 좋은 차를 몰고 다니는 것하며 치장까지.

"야, 우린 뭐했냐? 아이고 접시 물에 코 빠뜨리고 죽어야겠다. 그죠?

넘어온 바통을 그냥 넘길 리 만무하다.

"네. 오늘 저는 오는 길에 거기 통영에 그냥 빠뜨려 두고 오세요. 종 적불명으로……"

"우리 세트로 방 잡읍시다."

갑자기 웃음이 터진다. 웃음너머로 쓸쓸한 삶들이 퇴장하는가 싶더 니 아직 미련이 남았나 보다.

"거기 귤 좀 주세요. 오늘 아침을 못 먹고 나왔더니 엄청 허기가 지 내요. 다들 아침 드셨어요?"

넘겨진 귤의 껍질을 까면서 허기를 말로 채우려는 듯 쉼 없이 질문을 던져 댄다. 그녀가 먼저 말을 받고 모두들 뒤를 잇는다.

"네, 전 오다가 귤이랑 빵 먹었어요. 드세요."

"네, 전 원래 아침 안 먹어요."

"저도요. 하지만 전 식구들은 다 챙겨주고 저만 안 먹어요."

한 바퀴 대답이 도니 다시 질문이다.

"저도 원래는 아침을 안 먹었는데 요즘은 꼬박꼬박 챙겨먹다 안 먹 으니 이렇게 배가 고프네. 자기는 일도 안 하면서 아침도 안 챙겨주나?”

“전 아침에 일어나는 게 너무 힘들어서요. 우리 남편은 아침 좀 먹고
갔으면 좋겠다고 하긴 하는데 제가 못해주겠어서 그냥 안 먹어요.”

“야, 자기는 진짜 횡재네. 비싼 차에 일도 안 해. 아침도 안 차려줘.
그럼 자기가 하는 건 뭔데?”

“그냥 운동으로 골프나 치고 취미로 공부도 하고 그러죠 뭐.”

정말 사는 것처럼 사는 삶이다. 누구나 꿈꾸던 삶이 바로 그런 모습
일 것이거늘 왜 그런 모습의 사람을 바라보는 것이 잔인한 일처럼 느
껴지는가? 말하지 않아도 어떤 생각들이 교차될지 짐작이 가는 순간
들이 침묵에 갇힌 채 잠수한다.

갑자기 삶이 알 수 없는 구렁텅이 속으로 빠져들 듯 어둠으로 가득
해져만 간다. 이문세의 ‘알 수 없는 인생’이란 노래가 귓가에서 뱅글뱅
글 맴을 돈다.

언제쯤 사랑을 다 알까요. 언제쯤 세상을 다 알까요.

얼마나 살아봐야 알까요. 정말 그런 날이 올까요.

시간을 되돌릴 순 없나요. 조금만 늦춰줄 순 없나요.

눈부신 그 시절 나의 지난날이 그리워요.

〈중략〉

언젠가 내 사랑을 찾겠죠. 언젠가 내 인생도 웃겠죠.

그렇게 기대하며 살겠죠. 그런대로 괜찮아요.

아직도 많은 날이 남았죠. 난 다시 누군가를 사랑할 테죠.

알 수 없는 인생이라 더욱 아름답죠.

그녀에게도 그런 시절이 있었지. 택시 이외에 승용차는 몇 안 되던 그 때에 기사가 태워다주는 곳이 아니면 혼자 다니지 못했던 시절. 아르바이트한다고 설칠 때 "그거 몇 푼이나 버냐. 차라리 그 시간에 공부해서 장학금이나 타라. 그럼 그 돈 너 줄 테니"라는 아버지의 말은 보석 같은 진리처럼 느껴졌었고 아버진 약속을 정확히 지키셨다. 승용차를 사주시겠단 말에 부르주아적 아니냔 핀잔이 듣기 싫어 평범하기로 해버렸던 그 철부지가 삶의 곳곳에서 나타나는 불청객들의 출현을 감당하기엔 세상은 너무 낯선 전쟁터였다. 예리한 무기가 아닌 열 여섯의 감수성으로 싸우기엔 턱없이 살벌한.

갑자기 끼어드는 차, 이를 결코 용납하지 않는 행운의 상징이 돼버린 여전사덕에 모두 '억' 소리를 몇 번이고 내지르며 잘금잘금 오금이 저리는 스릴을 만끽하는 질주를 관람하고 있다. 아무리 앞 차를 놓치면 안 된다고 하지만 한가한 고속도로는 한 대의 여유를 허용한다 해도 진행에 큰 무리를 줄 것 같지는 않다.

"운전 그렇게 하면 잔소리 안 해?"

"어른들은 절대로 제차 안 타시려고 해요. 다른 사람들도 한 번 타면 두 번은 안 타려고 하지요. 근데 전 원래 앞 차에 딱 붙어서 가야 하고 끼어드는 꼴은 못 보거든요."

"우리 신랑이 만날 나보고 왜 차를 자기 쪽으로 바짝 붙이느냐고 잔소리를 하더니 여기 앉아 보니 정말 오금 저려 못 보겠네."

"뒤에 있는 우리도 아찔한데 오죽하시겠어요?"

"아유, 난 운전, 운전 지겨워 죽겠어. 진짜 하기 싫어. 특히 이런 장거리 운전은."

"남편보고 하라 하지요. 전 남편 있음 운전 잘 안 해요."

"아이구, 뭐 우리 남편이 그 집 남편인 줄 알아? 운전하랄까 봐 면허
증도 안 따잖아. 그러면서 무슨 남자가 간섭은 얼마나 많은지."

여기 딱한 인생이 또 하나 있구나! 하는 생각에 그녀는 절로 고개가
끄덕여진다. 원치 않아도 노크도 없이 불쑥 찾아드는 불청객들이 있
다. 그녀는 '왜 하필 나냐고? 왜 철썩 같이 믿는 내게 이런 일이 생기냐
고?' 절규해보건만 돌아오는 건 '네가 내 노크를 못 들었잖아'다. 어쩌
면 애초부터 그 여전사처럼 철저히 기회를 봉쇄했어야 하는 건지도 모
르겠다. 비록 충돌로 인해 목숨을 담보로 내놓아야 할지 모른다 하더
라도. 아니면 아예 '그래, 너희들 마음대로 해봐라' 하고 다 내놓을 각
오를 하든가.

"우리 남편은 남들과 좀 다르긴 해요. 자다가도 애가 깨면 다섯 번
이고 열 번이고 자기가 우유주고 그랬으니까요."

"자기는 뭐하고? 남편은 밖에서 일하고 와서 피곤할 텐데. 정말? 그
런 남자가 세상에 있단 말이야?"

"전 한 번 깨면 다시 잠이 잘 안 들거든요. 남편은 열 번이라도 그냥
누우면 자니까……."

그녀는 쿨쿨 드르렁 소리를 내며 아이를 덮치지는 않을까 염려되도
록 깊은 잠을 자고 있던 남편과 깨어 우는 아이에게 우유를 먹이는
자신의 모습을 떠올린다. 다섯 번이든 열 번이든 깨어서 엄마의 의무
를 다 했던 쓸쓸한 그림이. 전설이다. 살아있는 전설이 바로 오늘 이곳
에 있었다. 차라리 듣지 말았으면 좋았을 전설이.

세병관. 역사의 도시임을 증명하듯 통제영의 잔재에 따스한 봄볕이
내리쬔다. 안내를 맡은 시인의 입을 통해 이곳은 한 겨울에도 영하인

날이 몇 안 되는 영상 2도 정도의 포근한 겨울이 계속되는 곳임을 전해 듣는다.

'일기 예보.' 얼마나 어리석은 일인가? 나름의 잣대로 사용한 것이 오늘 목적지가 아닌 출발지였음을 그제야 깨닫는다. 그녀가 발 들여놓을 곳은 여기건만 늘 지켜오던 일상의 습관을 적절히 떨치지 못한 우매함. 그 대가로 남은 어울리지 않는 두터운 외투.

얼마나 많은 날들을 그 상황에 바르게 대처하지 못한 채 그렇게 어울리지 않는 옷을 입고 살아왔을까? 이런 단순한 것 하나 챙기지 못하고 삶이란 걸 살아간다고 폼을 내고 있었으니 그렇게 늘 얻어맞기나 하는 거지. 싫다 좋다 마음에 품은 대로 뱉어내지도 못하고, 그렇다고 고분고분 수긍하지도 못하면서 어설프게 안다고 자만하는 꼴이란……. 무거운 어깨 위로 한숨이 훑고 지나간다.

일행은 역사의 도시이자 유형무형 문화재의 산실이며 문화예술인의 고장이면서 해양수산도시라 동양의 나폴리라 불리는 통영이라는 안내자의 꼼꼼한 준비를 열심히 듣는다. 그리고 비어진 저장고를 채워주러 식당을 찾아 걷는 길에 만난 인도 가운데의 거북선. 맨홀에도 길가에도 온통 도시는 거북선에 둘러싸였다. 금방이라도 쩌렁쩌렁 소리를 울리며 나타날 것만 같은 이순신 장군.

시장을 지나는 내내 이 싱싱한 생선들을 들어 옮겨 가족에게로 전달하지 못함을 아쉬워하는 만학의 학우를 바라본다. 어제까지만 해도 전혀 낯설지 않은 그녀의 모습을 보고 있는 야릇한 슬픔. 싱싱한 회에 잘 구워진 생선, 조개 목욕 나온 찌개에 홍합과 버무려진 미역까지 온통 이름처럼 해산물이 풍년인 '풍년식당'에서의 점심은 한마디로 통영이었다.

유치환의 시가 새겨진 중앙우체국을 지나 『김 약국의 딸들』의 배경이 된 박경리의 생가동네에 이르러 시인은 말한다.

"박경리 씨는 정말 소설가가 안 되었다면 아마도 미치지 않았을까 싶어요. 극도의 가난 속에서 어떻게 학교는 나왔는지조차 의문스러울 정도의 힘겨운 삶을 사셨는데 그게 다 소설이 되어 녹아나온 게지요."

그런 것이었을까? 들으면 조롱이 터져 나올지도 모르는 치부를 드러낼 수 없어 소설이란 이름의 포장을 입히고 싶어 안달하던 지난날들. 하지만 가득 찬 머릿속과는 달리 무언가에 발목이 잡힌 채 한 줄도 써내려갈 수 없었던 시간들. 열리지 않는 문들. 황금보화가 쏟아져 나오리라 믿고 슬근슬근 박을 캐던 놀부의 뒷이야기를 다 알아버린 탓에 결코 탈 수 없었던 박들. 그녀의 머릿속은 온통 과거의 그림으로 버둥거렸다.

어느 덧 충렬사 돌계단에 모두 자리를 잡고 앉았다. 시인의 설명인즉 백석이 지은 모 시는 바로 이 계단에 앉아 이루지 못한 여인과의 사랑을 생각하며 쓴 것이 아니었겠냐는……. 불현듯 그녀의 생각은 시 속으로 빠지지 못하고 원한에 찬 선조들의 울림 속으로 휘감겨든다. 같은 장소 같은 곳에서 생각했을 충(忠)과 애(愛)를. 여러 번의 결혼과 번번이 일어나는 책임감 없는 첫날밤 도망. 버려진 여인들과 그의 삶에서 그의 시 속에서 살아있는 얼굴 없는 여인들. 그의 시가 아무리 시대를 뛰어넘는 걸작이라 해도 바른 길을 가지 않은 그의 삶이 남긴 여자들의 슬픔을 무시할 순 없다. 차라리 나라를 사랑하는 마음 앞에 버려진 충신의 아내 자리가 훨씬 이유 있어 보인다. 남편의 삶은 남겨진 여인의 삶마저 규정해 버린다. 과연 역사는 그녀들의 삶에 관심조차 있었던가, 남편이 만들어준 삶 그 이상의 영역이 그녀들에게 주어지긴 한 것인가?

충렬사 건너편 명정샘. 백석의 시처럼 선남선녀의 자연스런 맞선 자리가 되었을 낭만적인 풍경. 그곳에서 시대를 넘어 그들이 시를 읽는다. 혹자는 수줍은 웃음지으며 물동이 이고 가는 처녀가 되어, 혹자는 담 넘어 빨래하는 처녀를 몰래 훔쳐보는 그 옛날의 떠꺼머리총각이 되어 전쟁도 잊고 아픔도 잠시 내려두고 낭만 속으로 빠져든다.

그리고 윤이상 씨의 생가를 찾는 길. 갑자기 다른 수업의 애기가 이어진다.

"도대체 무얼 하라는 건지 말이야, 그걸 다 하면 그게 논문이지 리포터 수준이냐는 거지. 시간이 얼마나 걸리는 작업인데."

모두 이야기 속으로 몰두한다. 쌓인 한들이 많은지 한마디씩 거드는데,

"앗, 놓쳤다"

비명이 들린다. 이야기에 몰두하다 그만 앞 차를 따라간다는 사실을 잊어버린 것이다. 전화가 오고가고 일제히 웃음 속으로 뒹군다. 사노라면 그런 날도 잊겠지요. 가고자 하는 목표만 보고 갈 수는 없는 법이지요. 어쩌면 돌아서 가는 길에 더 큰 행운을 만나지 말라는 법도 없으니까요.

'4782' 아무 의미도 없는 번호지만 지금 그들의 눈앞엔 길을 알려주는 등대이다. 차장의 풍경도 도로의 표지판도 아무 의미가 없다. 오로지 그들의 가야 할 길은 이 네 글자 번호 안에 있다.

"하루 종일 4782만 봤더니 머리가 하얘지는 거 같네요. 어디로 온 지도 모르겠고."

"원래 그래. 앞 차만 보고 가면 길을 하나도 모른다니까."

"자기 오늘 밤 꿈에 4782가 나타나는 거 아니야?"

"아마도 잠꼬대할 거 같아, 4782 하고 말이야."

모두들 배꼽을 잡고 웃는다. 참 씁쓸한 풍경이다. 낯선 길을 갈 때는 질 좋은 지도가 있어야 한다. 아님 성능 좋은 내비게이션이나. 그도 저도 없다면 열심히 몸을 동원하는 수밖에. 그런데 참 웃긴다. 앞길을 훤히 비춰주는 등대가 가리키는 곳으로만 따라가면 물어물어 찾아온 사람보다 어떤 길로 왔는지 기억하지 못한다. 그저 눈앞의 '4782'만 보이듯이. 그녀에게 인생은 길을 알려주는 '4782' 하나 없었으니 고맙다고 해야 하는가? 언제나 낯선 길을 찾아 헤매는 헨젤과 그레텔일 수밖에 없는 삶. 선택도 책임도 질러가는 것도 돌아가는 것도 고스란히 그녀의 몫으로 남을 수밖에 없는 삶.

"저녁때가 다 되어 가는데, 다들 어쩌고 오셨나요?"

"전 반찬 다 해 두고 왔어요. 알아서 챙겨 먹겠지요. 애들이 좀 크니까 애들이 엄마에요. 밥 하고 차려먹고 다 해요."

"그럼 수현 씨 남편은?"

"그냥 먹죠. 시키려면 제 입이 더 아파서요. 애들이 오히려 더 편해요."

"그러게 말이야. 좀 말하기 전에 알아서 해주면 안 되나? 꼭 말을 해야 한다니까."

"우린 말해도 해주는 거 기다리면 날 다 새는 걸요?"

"아유, 그러고 어떻게 살아요. 나 같으면 일하러 안 간다. 미쳤어요. 돈 벌어주고 밥 다 해주고 애까지 키워주고."

"그럼 자기는 밥도 안 해 먹나?"

"우린 대부분 사 먹어요. 남편은 한 번 먹은 음식을 두 번 안 먹기 때문에 때때마다 해먹어야 하거든요. 그래서 저녁 한 번 해 먹고 나면 자기도 힘들어 보이니까 그 다음엔 나가서 먹자고 그래요.”

또다시 핵폭탄이다. 그녀가 말만 하면 모두들 입이 벌어진다.

“야, 천국이 따로 없네. 우린 나가서 먹는 것도 귀찮아서 시켜먹자는데.”

“수현 씨는 더 하네. 그래도 우린 내가 일하니까 외식은 자주하는 편인데.”

“그래도 우린 예전엔 아줌마가 계셨는데, 제가 청소하고 빨래하고 그러려면 힘들다고 남편이 도와주는 조건으로 아줌마를 내보낸 걸요. 그래서 자기가 일하고 들어오면 많이 도와주지요. 안 그럼 전 안 살죠.”

“그러게 말이야, 이런 상황에서도 살고 있는 우린 모두 미쳤지. 자, 다들 여기서 뛰어내리자.”

또 한바탕 웃음이 터진다.

“예전에 시부모님께서 오셔서 우리 집 화분 위치가 마음에 안 드셨는지 다 바꿔두고 가시는 거예요. 근데 제가 두 분 가시고 다시 원래대로 다 바꿨거든요.”

“참 대단하네. 어른이 하신 일이면 그냥 좀 참지. 그래서?”

“다음에 오셔서 보시더니 화가 난 아버님께 어머님께서 그러시더라고요. 요즘 애들 다 그러니 당신 좀 참으라고요. 첫 번에 기 꺾이면 안 돼요. 계속 그래야 한다니까요.”

“그래, 그건 그렇다.”

“전 요즘 소원이 딱 하나 있어요.”

“그게 뭔데?”

“나도 아내가 있으면 좋겠다.”

“……?”

“딱 저 같은 아내 하나만 있으면 대통령도 되겠다고요.”

“오우, 정말이네. 멋지다. 나도 수현 씨 같은 아내 하나 있음 소원이 없겠다.”

서서히 밀려드는 차 속에서 싱싱하던 대화도 시들어 간다. 오랜 탑 승에 지친 건지, 천국의 대화에 지친 건지 하나둘 등받이에 깊숙이 몸 을 의지한다. 가둬둔 질문 꺼내기에 바쁘던 앞자리의 동료도 잠 속으 로 들어갔다. 옆 자리의 동료도 꼬박꼬박 졸음 받이다. 그녀는 사방으 로 비치는 불빛에 훤해진 승용차 안에서 아침에 보던 노트를 꺼낸다. 부지런히 안내자의 말을 받아 적었던 흔적이 오늘 하루를 열어 보인다. 다시 뒤에서 앞으로 페이지들이 이동하고 손놀림을 따라 시간이 거꾸 로 이동한다.

그가 말했다. 네가 내 속에 너무 많이 들어와 버렸다고.

내가 말했다. 우린 한곳을 향해 나란히 갈 수 있으리라고.

그가 말했다. 매일 아침 네 목소리로 잠에서 깨고 싶다고.

내가 말했다. 매일 밤 네 팔베개 속에서 잠들고 싶다고.

그가 말했다. 우리를 방해하는 거대한 벽이 있다고.

내가 말했다. 변함없이 둘이 함께라면 그런 건 무섭지 않다고.

그가 말했다. 네가 사는 곳은 너무 낯설다고.

내가 말했다. 그것 역시 나를 만든 소중한 거라고.

그가 말했다. 딴 세상에 있는 것 같아라고.

내가 말했다. 네 세상도 내겐 낯설다고.

그리고 우리는 아무 말도 하지 않았다.

내가 말했다. 나는 너에게 무엇인가?

"도대체 이런 걸 글이라고 쓰고 있냐고? 당신, 그렇게 한가해? 그럴
시간 있으면 한 자라도 더 공부를 하라고. 어떻게 하면 우리 남편 출
세시킬 수 있을까? 어떻게 하면 돈을 많이 벌어볼까?"
"그런 식으로 말하지 말아요."
"글 쓰면 돈이 나와. 밥이 나와. 난 처자식 벌어 먹인다고 정신이 없
는데 당신은 당신 혼자생각밖에 없잖아."

꿈을 향한 몸짓이 어떻게 자신을 위한 이기심으로 해석되어야만 하
는지 아직도 알 수 없지만 한 번 가슴에 박힌 대못은 쉽사리 빠질 줄
을 모른다. 견딜 수 없는 삶의 폭풍을 글 속에 퍼붓고 겨우 견디고 있
는 그녀가 삶에서 가장 가까워야 할 그에게서 이런 말을 직접 듣는다
는 것은 더더욱 비참한 일이다. 혼자 빠져있는 생각에 누군가 노크를
한다.

"수현 씬 아까부터 뭘 그렇게 보고 있어?"
"아, 아무것도 아니에요."
언제 깼는지 노트를 넘어 불쑥 눈동자가 침범한다.
"뭐야? 글 쓴 거 같은데. 한 번 보자."
대답할 사이도 없이 노트를 홱 낚아챈다. 뭐 그렇게 대단한 것도, 그

렇다고 비밀스런 것도 아닌데 거부하기도 그렇다. 눈이 바삐 움직인다.

"와아. 잘 쓰네. 부럽다. 난 글 쓰는 줄 몰랐는데."

"예전에 쓴 거예요. 5년도 더 전에. 요즘 글 안 써요"

하며 노트를 거두어 버린다.

"왜? 잘 쓰던데."

"그냥요. 안 써지기도 하고 애들 아빠가 싫어하기도 하고."

엄마 몰래 도둑질을 하다 들켜버린 것처럼 심장이 화들짝 놀랐는지 가슴이 떨려온다.

"문장이 예사롭지 않은 걸? 내가 글을 잘 쓰진 못해도 보는 눈은 그래도 좀 있는데 잘 쓰구만 뭐. 아깝다. 재주 썩히지 말고 글 써."

"저도 한 번 보여주세요. 그리고 자기가 하고 싶으면 하는 거지 뭐. 그런 걸 남편 눈치보고 그러세요?"

운전하다 말고 끼어든다.

"그건 그래. 저 사람 봐. 자기하고 싶은 대로 다 하고 살잖아. 어쩌면 우린 하고 싶은 말도 안 하고 참고 그러니까 안 되는 건지도 몰라. 자기가 원하는 걸 확실하게 말하고 안 되면 때로는 저렇게 떼도 쓰고 그래야 하는데 말이야."

"맞아요, 맞아. 전 제 맘에 안 들면 절대로 가만 못 있어요."

정체. 그 끝을 알 수 없는 지루한 기다림. 이미 오늘 안에 도착하기는 글러버린 끝없는 정체 속에서 약속이나 한 듯이 차례를 돌려가며 전화기가 울린다. 전화 너머 목소리가 높아지면 자연스레 따라 듣는 이의 마음도 높아진다. 그녀도 미리 메시지를 보낸다.

「끝도 없이 길이 막혀서 언제 도착할지 모르겠네요. 먼저 저녁 드세요.」

갔는가 싶으니 바로 진동이 울린다.

「그 길 원래 많이 막혀요. 애들 저녁 챙겨 먹일 테니 걱정 말고 천천히 와요.」

얼마나 긴 시간의 투쟁 끝에 얻은 편안함인가? 느릿느릿 지나가는 거리의 풍경처럼 과거가 슬로우비디오로 지나간다.

"나 나름대로 잘 정리되고 있으니 걱정 마. 최근에 정말 힘들었는데 이젠 정리되고 있어. 그러니까 조금만 그냥 둬. 난 이제 확실한 거 아니면 안 움직여. 그리고 몰라서 그렇지 밀리고 밀렸어. 거기도."

"하지만 몇 년 고생해서 가능성이 있는 거라면 더 늦기 전에 해 볼 가치가 있는 게 아니냐고요?"

"세상에 가능성 없는 일이 어딨어? 하지만 난 이제 혼자 몸이 아니라고. 나 하나 잘 되자고 애들 전부 고생 바닥으로 던질 수 없어."

"그럼, 정말 꿈을 버린 거예요? 확실히 결정한 거냐고요?"

"그래. 물론 살다보면 억울하고 아쉽고 생각날 때도 있겠지. 하지만 그건 잠시일 뿐이야. 중요한 건 이젠 확실한 게 아니면 움직이지 않는다는 거야."

강하게 과거의 꿈에 대해 그가 찍은 마침표 때문에 머리가 아파왔다. 물젖은 솜으로 한 짐을 어깨에 멘 듯이 몰려오는 피로감. 설마설마 하던 일이 눈앞에 현실로 다가왔을 때 맞는 당혹감. 아무리 연습하고 아무리 준비해도 늘 놀라기만 하는 자신에게 다시 놀라게 되는 시간.

"그럼, 앞으로 목표는 뭔데요?"

"난 요즘 아주 현실적이야. 5년 안에 5억을 벌고 싶어. 그게 내 목표
야."

"5억? 그럼 돈을 따라 가자는 거예요?"

"그래. 예전엔 그런 생각한 적도 있어. 돈이 뭐 별거냐고. 근데 이젠
바뀌었어. 돈이 별거더라고. 돈이 있어야 인심도 나는 거고, 사람대우도
받는 거더라고. 막내 이제 다섯 살인데 쟤가 스물이면 내가 정년퇴임할
나이라고. 우리에게 그렇게 시간이 많지 않단 말이야."

그녀의 머릿속은 온통 헝클어진 실타래가 되어버렸다.

그래, 우리에겐 시간이 많지 않다. 이 먼 길을 돌아오는 데도 벌써
15년의 세월을 사용해버리지 않았던가? 이제 겨우 여기까지 왔는데, 이
제 됐으니 그만하자고? 만삭의 몸으로 까마득히 보이지도 않는 경사
가파른 동네를 하루에도 몇 번이고 오르내리며 꿈 대신 밥을 구걸하
지 않았던가? 정녕 그것이 밥만을 위한 것이었다면 그 힘든 시간을 어
찌 견디었으랴. 다시 내 앞에 번듯한 모습으로 나타날 꿈을 위한 일보
후퇴의 시간이라 여기며 얼마나 토하고 싶은 깊은 울음을 속으로 삼
키었던가?

"엄마, 어디야? 언제 오는데?"

동료의 수화기 너머로 흘러나오는 아이의 채근에 두고 온 아이들 생
각이 불쑥 일어난다. 기다린 듯 전화기가 몸을 흔든다.

「엄마, 어디야? 언제 오는 거야?」

「많이 늦을 거 같은데 아빠랑 밥 먹고 먼저 자라.」

「아니, 나 엄마 올 때까지 기다릴게. 맛있는 거 먹고 일 너무 무리하

지 말고, 사랑해요.」

　아이의 물음에 걱정스러움이 묻어난다. 간밤에 오고간 둘의 대화 톤에서 무언가 불안함을 감지한 모양이다. 아니 어디간단 설명도 없이 얼굴도 못 보도록 일찍 나선 그녀의 행선지가 불안한 모양이다. 아마도 남편에게 아무런 설명을 듣지 못한 모양이다. 아이의 편안한 잠을 위해 안심성 멘트를 날린다.

　차례차례 가족들의 전화가 이어지고 똑같은 상황을 전달하는 몇 번의 재방송이 이어진 후에 차 안은 다시 정적이 감돈다. 긴 시간의 정체 속에서 모두들 지쳐버린 것 같다. 아니 어쩜 표현할 수 없는 다급함을 침묵으로 모른 척하고 있는 건지도 모르겠다. 가고 싶어도 갈 수 없는 상황. 수호천사라도 나타나서 차에 날개를 달지 않는 한 차들로 도배된 길을 뚫고 오를 방법은 없다. 이 길의 끝에는 시원하게 뚫린 고속도로가 웃고 있을 것인가? 또 다른 복병이 더 큰 장벽으로 도사리고 있을 것인가?

　그랬다. 어떻게 꿈을 접을 수가 있나? 그 꿈 하나 보고, 아니 꿈을 꾸는 그 아름다운 청년 하나 보고 돈도 명예도 다 필요 없다며 뛰쳐나와 결혼한 그녀에게 어떻게 이런 일이 생기냔 말이다. 그리고 그 이유가 다름 아닌 돈이라니. 돈 때문에 꿈을 포기하다니.

　갑자기 이 늦은 나이에 다시 대학원에 다니고 스무 살 때의 꿈을 놓지 않고 이제라도 이루어보고자 아등바등하는 자신의 모습이 허깨비처럼 쓸쓸했다. 칠십이 넘도록 학문에의 열정을 못 놓아 침침한 눈으로도 눈물 줄줄 흘리며 책을 읽는 선배님처럼, 그저 평생을 자식에 대한 희생으로 소진하며 꿈을 끌어안고 죽을 수밖에 없는 회안의 삶을 살고 싶지는 않아서 더 늦기 전에 이루고자 했던 꿈.

15년을 지체해온 그녀의 삶에 또다시 복병이 나타난 것이다. 산 넘어 산. 언제까지 넘어야 이 산들을 다 넘고 말 것인가? 모든 산을 다 넘는 날, 그건 바로 하늘이 그녀를 부르는 날이 되겠지? 갑자기 허허로운 웃음이 난다. 돌아 돌아 온 이 세월이 그녀에게 준 것은 무엇이란 말인가? 정녕 아무것도 건질 것이 없단 말인가? 이대로 여기서 무릎 꿇을 수는 없는 일이거늘. 결단코.

긴 여정 끝에 드디어 출발지로 돌아왔다. 자정을 조금 앞둔 시간. 모두들 제자리를 찾아가기에 바쁘다. 그녀는 여기저기 홈이 파이고 녹마저 슨 작고 낡은 자신의 차에 올라앉는다. 습관처럼 키를 꽂으니 음악이 흘러나온다. '알 수 없는 인생'이다. 이번엔 낮은 목소리로 따라 부른다. 조금만 벗어나니 시간을 잊은 채 환히 불을 켜둔 마트가 보인다. 그곳에서 새 삶의 문을 열듯 두꺼운 노트를 하나 사서 하이얀 첫 장을 편다. 드디어 가둬뒀던 생각들이 기지개를 편다.

그래, 소설가는 말이야, 쓰지 않으면 미칠 것 같은 상황이 바로 소설가를 만들어주는 거지. 이렇게 늦은 나이에 글 쓴다고 공부한다고 어릴 적 염원을 여태껏 놓지 못하고 따라다니는 나처럼 말이야.

'그래, 풍파야, 오너라. 다 받아주마. 네가 내게 옴은 다 이유 있는 출현이 아니겠냐?'

그녀는 지나가는 생각을 놓치기나 할 것처럼 보란 듯이 적어 넣는다.

〈3막을 열다.〉

책쓰기 수업을 하면서 가장 많이 받는 질문은 '선생님, 제가 정말 할 수 있을까요?'이다. 나이가 많든 적든, 글을 잘 쓰든 그렇지 못하든, 내 답은 항상 같다.

"당연히 할 수 있습니다."

당신이 글자를 안다면, 아니 글자를 몰라도 좋다. 말을 이해하고 할 수 있는 능력이 있다면 당신은 책을 쓸 수 있다. 책을 쓸 수 있느냐 없느냐를 결정짓는 것은 바로 의지이고, 열정이다. 지금까지 보아온 바로도 그렇다. 아무리 많은 소재를 가지고 있고, 글을 잘 쓰는 사람도 번번이 실패하지만 할 수 있다고 믿고, 하고자 하는 사람은 반드시 해냈다.

혹 책만 쓰면 뭐하느냐고 반문할 지도 모르겠다. 아니다. 시작이 있어야 위대한 작품도 나오는 거다. 출발도 하지 않고 어느 날 갑자기 대작이 나오진 않는다. 그래서 새 학기가 되면 어떤 메시지로 새 출발을 할까 고민하지만 항상 답은 같다.

믿으라. 그러면 열릴 것이다.

더불어 내가 그들에게 해주고 싶은 말은 바로 언행일치다. 입으로만 꿈을 말하지 말고 행동으로 보여라. 정말 간절히 원하고 있다는 것을 행동으로 보여주란 말이다. 시간이, 운명이 나를 저버렸다고 좌절하지 말고 과연 운명이 당신을 신뢰하도록 했는지 스스로에게 물어 보라.

다른 사람이 나를 믿어주지 않는다고 한탄하는 사람들이 많다. 되돌려보라. 나는 얼마나 그들이 믿게 행동했는지를. 믿어주길 바란다면 먼저 행동으로 보여라. 지키지 못한 약속을 값싼 말로 번드레하게 포장하려 들지 말고 무거운 행동으로 보여라.

나는 말이 많은 사람을 좋아하지 않는다. 특히 필요 이상의 칭찬을 하는 사람을 신뢰하지 않는다. 칭찬에 따르는 그의 행동이 진실할 때에는 그 칭찬이 칭찬으로 들리지만, 행동이 그것을 따르지 못할 때에 그의 말은 아부로 전락하고 마는 것이다. 하얀 거짓말이란 말로 포장하고 변명하지 마라. 스스로를 속이지도 마라. 당신의 말이 거짓이 아니었음은 말이 보여주는 것이 아니라 바로 행동이 증명하는 것이다.

그래서 나는 항상 삶이라는 무대 위에서 긴장한다. 내가 쉽게 던져버리는 말에 내 행동이 제대로 실리지 못할까봐 기억하고 또 기억한다. 주변 사람은 물론 특히 제자들과 한 약속은 더더욱 지키기 위해 최선을 다한다. 스승이 바른 길을 가지 않는다면 어찌 그 제자가 바른 길을 가길 바랄 수 있단 말인가? 제자가 바른 길을 갈 수 없게 만드는 스승이 또 어찌 감히 스승이라 할 수 있겠는가. 단 한 명의 제자에게라도 떳떳하지 못한 스승이라면 수백 명의 제자가 무슨 소용이란 말인가?

나는 성공하고 싶다.
나를 믿고 따르는 제자를 위해서라도 반드시 성공하고 싶다.
그리고 보여주고 싶다.
꿈꾸고 행동하는 자 반드시 이룰 수 있음을.

부록

동행325 책쓰기

부록 차례

달달 볶아서

조서인

글 써라
시 써라
엄마가 나를 달달 볶네
프라이팬에 채소 넣고
양념 넣고 달달 볶네

쓱쓱~
나를
달달 볶네.

시립도서관 가족 책쓰기, 『셋이 하나』

봉봉

심소희

친구들과
봉봉을 타러
갔다

40분을 기다린 끝에,
드디어 봉봉가게 문이 열렸다

땀 냄새나는
봉봉 위에서
비명 지르며
용수철처럼 뛰어올랐다

지친 우리는
참새처럼 조잘조잘
입으로 놀았다.

초등학교 책쓰기, 『내 마음 속 동시주머니』

수업 시간

오현준, 이태형, 안세희, 구송언, 최유빈

수업 시간을 알리는
저주의 멜로디가 들린다
학생들은 레이저가 되어
달려간다

헥헥, 경찰한테 쫓기다 운 좋게 숨은
도둑의 숨소리가 들린다
이제 솜털이 된다.
솜털처럼 살금살금 주변 눈치를 보며
조용히 자리에 앉는다

선생님이 우리에게 하시는 말씀
"선생님이 여러분한테 선물을 줄 거예요. 짜잔~
참, 아름다운 수학 문제에요"

학생들은 뭉크의 절규 속으로
아아아아아아아아악~~~~~~
당장 시작!

이름만 수학시험
학생들은 모두
자신의 그림 실력을 뽐내고 있다

결국 시험지에 비가 내리고
선생님은 학생들의 그림에 대한 열정에
큰 감동을 받았다고 한다.

초등학교 책쓰기, 집단 스토리텔링 빙고글쓰기 방식,
『내 마음 속 동시주머니』

용감한 녀석들

이영주

여자애들 앞에서
야한 얘기하는 너희들,
정말 용감한 녀석들이야

칠판에 낙서놀이하면서
우리반 애들 욕하는 너희들,
정말 용감한 녀석들이야

수업종 치고 5분 뒤에
자리에 앉는 너희들,
정말 용감한 녀석들이야

엘프, 뷰티 앞에서
슈퍼주니어, 비스트 욕하는 너희들,
정말 용감한 녀석들이야

하지만,

너희들보다 더 용감한 녀석은
그런 용감한 너희들을 소재로
시를 쓰는 '나'인 것 같아.

중학교연합책쓰기 '답 없는 것들'

Love bye love

한다운

내 여자 친구가 되어 줄래?
그 한마디로 시작된 우리의 crazy love

작은 고백을 약속했던 그때에
너에게 난 flower lady

이별하고 나서의 tonight
너에게 난 악녀

너의 전화번호는 wrong number
그래도 넌 언제나 나의 낙원

Don't say good bye
이별을 막아보려던 나의 슬픔의 행방은
the way U are

오 정반합을 이루려던 우리는
결국 love in the ice

하루달에게 빌었던 나의 소원은

세상에 단 하나뿐인 마음

그리고……

고백

정순용

이 이야기를 웃으며 적을 수 있는 건 내가 그만큼 성장했기 때문이란 걸 밝힌다.

초등학교 5학년 때의 일이다. 지금 생각해도 겁이 많은 나는 어릴 땐 더욱 겁이 많았다. 하지만 가족 빼고는 내가 겁이 많다는 걸 아는 사람은 없었다.

어느 날 형이 놀이공원에 가자고 했다. 나는 단둘이 간다고 하니 썩 내키지 않았지만, 형과 노는 일은 다반사였으므로 흔쾌히 수락하고 놀이공원으로 향했다. 걸어서 그곳에 도착했을 때 특히, 높은 곳에서 떨어지는 놀이기구를 타는 사람들은 꺄! 으아! 악! 등 여러 가지 비명을 질러냈다. 환호성으로 들리는 사람도 있겠지만 나에게는 거의 비명으로 들렸다.

타워로 올라가는 동안 괜스레 마음이 진정되지 않았다. 꼭 몇 분 후에 내가 저 자리에 있을 것 같았기 때문이다.

"뭐부터 탈 건데?"

형의 질문에 나는 선뜻 대답할 수 없었다. 만날 안 무섭고, 높지도 않은 놀이기구를 타왔던 나는 이미 롤러코스터처럼 높아질 때로 높아진 형의 눈높이를 맞출 대답을 할 수 없었다. 힘들게 고민하던 끝에,

말하려던 찰나.

"고스트 하우스부터 가자."

전혀 생각하지 못했던 장소였다. 다행히 높은 곳에서 떨어지는 놀이기구는 타지 않아 마음이 상당히 진정되었다.

하지만 그것도 잠시, 고스트 하우스 입구에 들어서자 너무 어둡고 음악도 음산하고, 아무것도 보이지 않으니, 곧바로 뛰쳐나오고 싶었다. 결국 나는 들어가지 못했고, 형도 덩달아 들어가지 못했다. 나는 남들이 보는 시선과 형의 기대라는 사명 앞에서 선택의 기로에 섰다. 짧은 시간이었지만 그날 가장 갈등을 많이 한 순간이었던 것 같다. 형도 같이 들어가면 안 무섭다고 계속 나를 밧줄로 묶고 잡아당기듯 쉽게 도망칠 수 없는 말로 나를 묶었다.

"야, 어차피 귀신도 없어. 찌질이가, 이것도 못 들어가게."

하지만 내 선택의 잣대는 안 들어가는 것을 택했다. 난 찌질이라도 좋으니 그 순간을 벗어나고 싶었다.

그런데 아까보다 더욱 걱정이 되었다. 이제 분명 바이킹이나, 롤러코스터 같은 큰 놀이기구를 타자고 할 것이니. 아니다 다를까 형은 바이킹을 타자고 내게 졸라댔다.

형은 회유책, 분노, 놀림, 장래까지 우겨넣으며, 나에게 용기를 주려 했지만, 전혀 먹히지 않았다. 형은 다 포기한 듯 옆으로 지나갔고 나는 슬쩍 따라갔다. 그때 형은 바이킹 쪽을 슬쩍 바라보더니 한마디 던졌다.

"초등학교 2학년도 웃으며 타는데, 부끄러운 줄이나 알아라."

부끄러운 줄 알아야지! 부끄러운 줄 알아야지! 부끄러운 줄…….

이상하게 그 말을 듣자 기분이 묘해졌다. 화가 났고 오기가 생겨났다. 하지만 선뜻 다가가기는 힘들었다. 형은 나에게 세게 어깨동무를 하더니, 그냥 힘으로 밀어붙여 나와 함께 바이킹 안으로 입장했다. 호랑이 굴 안에 들어가도 정신만 차리면 산다는 신조와 함께 나는 형에게 무섭냐고 계속 물어봤고, 형은 귀찮은 듯 몸소 느껴보라고 했다.

드디어 바이킹이 작동되었고, 올라갔다 내려갔다 반복하는 동안, 나는 안절부절 안전 바를 꽉 잡고 정색하고 있었던 것으로 기억한다. 다 탔을 때는 이상하게도 계속 바이킹이 끌렸고, 이게 재미있다는 표현임을 알았다. 후에, 나는 그 모든 놀이기구를 정복했다. 지금 생각해보면, 어릴 때 겨우 바이킹에 겁을 곱씹어 먹었던 내가, 롤러코스터를 안전 바에 손을 놓고 만세하며 타고 있으니 괜스레 쑥스러워진다.

사실 이런 경험은 사람들이 감추고 싶은 경험 중 하나이다. 그러나 나는 웃으며 밝혔다. 사실 웃는 게 웃는 게 아니지만. 자고로, 성공한 모습보다 도전하는 모습이 아름답다. 혼자 도전하기 힘들다면 다른 이에게 기대어 도전해도 좋다. 혼자 걸어가는 길보다 둘이서 아니 셋이서 걸어가는 길이 더욱 아름답다. 그리고 기억하라. 그 길의 끝에 도달했을 때, 비로소 자신이 환하게 웃고 있다는 사실을.

중학교 책쓰기, 『나는 보여준다 고로 성장한다』

내가 만들고 싶은 미래

송영은

우리는 살아가면서 많은 사랑을 한다. 가족을, 친구를 때로는 자신의 일을 사랑하기도 한다. 이처럼 많은 종류의 사랑이 있지만, 옛 선조들은 이웃을 사랑하는 마음을 중요시했다. 하지만 더 이상 우리는 이웃과 정다운 인사를 나누지 않고 따뜻한 마음을 주고받지 않는다.

『모리와 함께한 화요일』이라는 책을 읽은 적이 있다. 책의 주인공 모리는 루게릭병에 걸려 죽음을 앞둔 상태다. 죽음을 앞두고 그는 그의 제자와 화요일마다 인생과 죽음에 대해 이야기한다. 그 중 가장 인상 깊었던 이야기가 있다.

모리는 젊은 시절 정신병원에서 환자들을 관찰하고 기록하는 일을 하게 되는데, 그 병원은 부유한 환자들이 많은 곳이었다. 일을 하면서 그는 아침에 일어나서 잠이 들 때까지 하루 종일 욕실 바닥만 바라보고 있는 여자에게 호기심을 가지게 되었다. 그는 그녀 옆으로 다가가 똑같이 그녀를 따라했고, 한마디도 안 하던 여자는 입을 열게 되었다. 대화를 하면서 그는, 그녀에게 필요한 건 바로 관심과 사랑이었다는 것을 느끼게 된다. 바로 누군가가 그런 그녀에게 말을 걸어오는 것, 사람은 누구나 관심 받고 싶은 것이다.

그 후에 모리는 그의 제자에게 죽음과 화해할 수 있다면 살아가는 것과도 화해할 수 있다고 말한다. 죽음을 인정할 수 있는 사람은 의미 있게 삶을 살아갈 용기도 얻을 수 있다는 것이다. 또 모리는 막연히 죽음을 기다릴 것이 아니라 의미 있는 삶을 살 것을 조언했다.

의미 있는 삶이란 무엇일까? 이 책을 읽는 내내 '나는 어떻게 살아가야 하는가'라는 질문을 받았다. 나는 그 답이 남들에게 사랑을 베푸는 삶이라고 생각한다. 아이를 하나 키우기 위해선 온 마을이 필요하다는 아프리카 속담이 있다. 즉, '나'라는 사람이 이렇게 성장하는 데는 많은 사람의 이해와 관심이 필요하다는 얘기다. 난 그게 바로 생명에 대한 사랑이라 생각한다.

내 꿈은 기자다. 나는 내 일을 통해 세상에 관심을 갖고 나를 키운 온 마을 사람들의 사랑에 보답하고 싶다. 세상 가장 낮은 곳, 소외 받는 이들에게 관심을 갖고 그들의 아픔을 공감하고 전달하는 가슴 따뜻한 기자가 되고 싶다. 죽는 그 순간까지 의미 있는 삶을 살기 위해 애쓴 모리처럼 착한 사람이 만들어가는 세상, 사랑을 베푸는 사람들이 성공하는 따뜻한 세상을 만들어 세상을 원망하는 사람들의 눈물을 닦아주고 싶다.

고등학교연합책쓰기 '미래를 쏘다'

이루지 못한 꿈에도 봄은 오는가

김보섭

나는 온몸에 기대를 받고
노란 하늘 노란 들이 맞붙은 경희대로
고속도로 같은 인도를 따라 경희대를 가듯 걸어만 간다

입술을 다문 입시야, 성적아
내 반에는 내 혼자 1등 하러 온 것 같지를 않구나
제도가 끌었느냐, 교육장이 부르더냐 답답워라
말을 해다오

엄마는 내 귀에 속삭이며
한 글자도 놓치지 마라 옷자락을 흔들고
아버지는 방문너머 아빠 미소를 지으며
소파에서 열심히 하라 웃네

고맙게 버텨온 내 성적아
3학년 중간고사에 내리던 소나기에
너의 눈물로 온몸을 적셨구나. 내 머리조차 가뿐하다

수능이라도 가쁘게 나아가자
마른 몸을 들고
아직 연필을 쥔 포기하지 않은 손이
경희대 가려는 노력을 하고 제 혼자 연필심만 부서지네

게임, 술아, 깝치지 마라

자기소개서 수능에도 매진을 해야지
경희대 합격증을 들고 펄럭이는 내 모습을 보고 싶다

내 손에 샤프를 쥐어다오
동그라미뿐인 수학문제와 100점이 적혀있는 시험지를
눈이 시도록 보고 또 봐도 좋은 눈물조차 흘리고 싶다

유치원 차를 타고 나오는 순수한 아이같이
짬도 모르고 끝도 없이 닳은 내 손아
무엇을 찾느냐 어디로 가느냐 웃어웁다 답을 하려무나

나는 온몸에 흑연내를 띠고 노란 웃음 노란 설움이 어우러진 사이
로 손목을 절며 하루를 보냈다
아마도 만점신령이 지폈나보다.

군사학과

펭귄들의 도시

김동규

상경해서 처음 눈에 들어온 것들은
회색 어스름으로 윤이 나는 빙산

도도한 표정으로 얼어붙어
모두가 뛰기어 다닌다
이 위의 펭귄들은 모두가 바쁘다

이들은 날개를 접지 않는다
꼿꼿이 세우고 부딪치며
도도한 이마에 줄긋는다

펭귄들이 빙산을 만들었는지
빙산이 펭귄들을 만들었는지
누구도 모르는 일이지마는

나도 이들에게 질려
얼어붙을 것이다

한 마리 펭귄이 되고 말 것이다.

인문자율전공

딴 맘먹지 말고 죽으라

박효원

과거의 판결은 과거의 관점으로
당대의 처벌은 당대의 윤리로

민족의 열사도 살인죄였고
그 어머니는 법에 항소하는 것을 막았으며,
왕의 살인은 정당했다.

판단의 잣대는 이성적으로
동정은 있되 합리적으로

사회는 유기적이고
공주는 평민보다 영향력이 있으며,
고대의 반역자는 사형감이었다.

국제통상학과,

『오이디푸스왕』에서 「안티고네」에 대한 시 형식 에세이

휴머노이드

라웅배

제품명 : 라웅배(수출명 BABO)

제품분류 : 자아인식형 휴머노이드

제품번호 : 0021321585 – 202 – 020

생산자 : M&F Product

출고 : 부산

출고일자 : 1994. 08. 13

볼륨정보 : 2.0.13.03

제품설명 :

해당 제품은 자아를 인식하는 휴머노이드 중에서도, 가장 인간의 생활양식과 유사한 행동패턴을 구사하는 제품입니다. 일반 문명권 인간의 행동패턴과 자연인(?)의 행동패턴 두 가지 중 하나를 선택해 구동하며, 제품의 자신 빛 주변을 인식하고 사고하는 기능이 이번 최신 볼륨에 적용되었습니다. 구동연료는 탄수화물 및 단백질, 지방 복합체 등 가용연료의 종류가 다양하며 '컨디션'이라는 기능의 탑재로 전체 행동 알고리즘과 구동 방식에 실시간으로 미묘한 변화를 주어 사용자를 재밌게 해줄 수 있습니다. 현 과학기술로는 10%만큼도 구현할 수 없는 초고도의 과학기술을 적용해 개발한 중앙제어장치와 극히 효율적이고 안전한 동력발생 및 제어장치는 해당 제품의 존재를 더욱 더 '인간적'으로 만들어 주었습니다.

　최신정보 :

　행동 패턴 분석 결과 주로 나타나는 특징은 논리적이고 신중한 사고와 타 기체 및 인간에 대한 대응에서 '웃음' 패턴의 빈도가 높음. 다만 미묘하게 구동속도가 느리며 단기 기억 저장장치의 노후화로 약 5분 전의 정보에 대한 기억 여부 불투명이 옥의 티라고 할 수 있겠다. 더 많은 정보를 얻기 위해 해당 기체는 현 △△대학교 군사학과 3기 소속으로 가입되어 있으며, 거의 동일한 구동방식을 적용한 39기의 기체들과 베타테스트를 진행 중. 실험 위치는 △△대학교 기숙사 화랑관, △△대학교 법정관 및 외국어교육원, 인문관 및 종합강의동이며, 더 자세한 정보를 원하시는 분은 ungbaezz@naver.com이나 카카오톡으로의 연락을 바람. 고객 상담은 07:00 A.M. ～ 23:50 P.M.까지.

군사학과, 아주 특별한 자기소개

방석

도은영

예쁘게 수 놓여진
비단 방석
두 개, 네 개 짝도 다 있지

귀한 손님 오시면
귀한 대접 받지
애들은 오지 마라
어른들이 앉아야지

흥,
그래 봐야 방석은
엉덩이 밑에
깔리는 신세

흥,
예쁜 척하지 마라
방귀 냄새 난다.

시립도서관 책쓰기, 『나에게로 힐링』

연필

주영자

학교 가기 전에
연필을 깎는다
매일매일 깎으니
조금씩 작아진다
작아지는 연필을 보면 속상하다

연필아!
너를 매일 깎으니
너는 얼마나 힘드니?

네 몸이 점점 작아지니
너무 속상하지?
오늘 너를 깎으니 마지막이구나

그 작은 연필이
나의 얼굴을 그렸고

그 작은 연필이

그리운 친구에게 편지를 썼고

그 작은 연필이
보고 싶은 어머니의 얼굴을 그렸다.

구청 책쓰기, '꿈독서', 『힐링 티타임』

엄마가 뭐 연예인인가

김명자

연예인도 아닌데
선생님은 맨날
사인 받아 오란다

피아노 숙제에
엄마 사인

〈대구문학〉 등단, 시립도서관 책쓰기, 『나에게로 힐링』

쉬는 날이면

양애란

쉬는 날이면
잠만 자는 아빠
아빠는 그런 거구나

쉬는 날이면
TV만 보는 아빠
아빠는 그래도 되는구나

가끔 맛있는 요리로
"난 아빠다"
나랑 놀아 주지 않은 것
용서해 줄까?

<문장> 등단, 시립도서관 책쓰기, 『나에게로 힐링』

시간

이혜선

점으로 점으로 이어진 선이었습니다
어떤 이는,
점이라고 억울하다고 울었습니다
어떤 이는,
선이라고 지겹다고 울었습니다

한 순간 순간으로 떨어져 버릴 수 없고,
영원히 영원으로부터 시작 되는 게 아니랍니다

과거에 사는 사람
현재에 사는 사람
미래에 사는 사람
그건 낱말의 나열일 뿐

우리는 과거와 연결된 오늘에 살며,
내일의 어제를 만들며 오늘을 삽니다
우리는 점, 선, 면을 다 살고 있습니다

그래서 어느 때도 진실해야 했습니다.
저 푸른 하늘만큼이나

시립도서관 책쓰기, '꿈독서'

도서관에서 시인을 꿈꾸다

박은미

마흔 훌쩍 넘긴 부엌데기로
365일 가족들의 밥상만 차리다가
학교 졸업 후 발길도 없었던
도서관에 덜렁 들어섰다

책상을 밥상같이 받아 안고
수저 들듯 연필을 잡고
두근두근 수요일
나만의 시 밥상을 받았다

하늘 잔뜩 묻은 시인의 말쌈밥도 먹고
맛깔난 반찬 마냥 애송시도 집어먹고
별미로 다른 이가 만들어온 자작시도 나눠먹으면
한 두어 시간 행복한 꿈꾸기는 짧디 짧다

아쉬워서 숟가락 빨다보면 후식으로 한 접시
어릴 적 시인의 꿈이 한 움큼 담겨 와

맹탕이던 밥상에 입맛을 돋운다

그런 밥상 이제는 수요일마다 차려 진다

시립도서관 책쓰기, '꿈독서'

꼬라지

김순자

봄 햇살이 거실 깊숙이 들어와
내 등에 기대어 쉬고 있을 때
유리 램프 속 빤한 불꽃은
마지막 심지까지 얌전히 태우며
포트 속 재스민을 폼 나게 우려낸다

가만히 찻잔에 재스민 향을 꾹 눌러 담아본다
찻잔 속에 내 맘도 풍덩 담그어 우울함을 날려버리고
향기와 따사로운 차 한 잔의 호사를 즐긴다
혼자일 때
이렇게 가끔 아니 자주
나름의 작은 멋을 부려본다

작은 찻잔 속
저장된 행복했던 추억들
하나둘 되새김될 때
재스민 향은 더 진하게 우러나

더 깊은 기억을 들추어 준다
나이테로 보아 서른 살 좋게 넘은 단풍나무 고목 탁자 위
쓰고 지우기를 반복해 널브러져 있는 종이들
뿔테 돋보기안경 쓰고 이러고 있는
내 꼬라지
누가 보면
겉모양은 영락없이
내가 글쟁인 줄 착각하겠소!

헤로데*의 향연

문희숙

아희야!
욕망이 부른 비극이
차디찬 은쟁반에 담기고
깃털 같은 춤사위는 교태마저 위태롭다
새벽과 함께 사라진 숨소리가
천지에 안기면
휑한 눈빛만이 따갑게 바라보아도
너희가 가진 그 끝은 어둠이기에

아희야!
즐거워 발버둥 치지 마라
내 살아생전 아무 기약은 없었지만
믿음 안에 슬퍼하지 않으니
손안에 든 부귀영화가 네 것이 아니 듯
숨 끊기는 순간 또한 내 몫이 아니다
욕망을 감싸는 기운이 사라지면
너의 육신 또한 불속으로 떨어지니

아희야!
세상일일랑 반쯤 감고
춤을 멈추면
죄의 준엄함도 안개 속에 묻히겠지

붉은 입술의 나불거림이 천지를 해롭게 하니
그 입만은 제발 멈추어다오.

* 세례요한의 생애의 한 장면: 헤롯왕의 연회 필리포 리피그림

구청 책쓰기, '꿈독서', 『아름다운 유산』, 『부자완두콩의 오중주』

술 못 드시는 선비도 선비님인가?

임두상

지필묵 펼쳐놓고 큰 기침 한번하시면 며느리에게
"냉큼"이란 하명입니다
설익은 옹기단지에 용소박아 청잣빛 막사발에
넘칠 듯 채워 올리면
콧수염 푹 담그시고 목젖 울렁울렁 넘기실 때
앞치마에 손 닦으며 행복을 배워갑니다.

"사람이면 사람이냐 행동이 중요하지."
그 말씀에 의문투성이지만 며느리 입장에
감히 의문을 제기할 수 없었습니다

먹돌 휘휘 비벼갈아 일필휘지 그어 나가시는
시아버님 붓 끝에는 글씨도 나오고 금강산도 만들고
菊竹梅蘭이 줄줄 흘러나오네요
시아버님 유지 따라 유효적절의 의미 배우고
적재적소의 입장을 간추리시는 시아버님께

상하 좌우를 배웠습니다

약주 한 사발 올리면 칭찬인 듯한 꾸중에
사람으로 익어가고
깊은 뜻 흘려듣지 않고 석봉님 모친에 가당치 않고
삼천 이주의 사임당에 비할 바 어림없어도
시아버님의 모범에 누가 되지 않게
조용히 아이들과 동참하렵니다

끼니마다 약주 걸러 사발가득 올릴 테니
화목한 四代家族 늘 지켜주세요
아범도 좋아라 입이 귀에 걸리네요

구청 책쓰기, 『힐링 티타임』, 『유유자적』

지금 내 오후의 시간

김유석

바닷가 페선 몇 채 기울어져 있고
좀먹은 구름빛들이
서녘 하늘에 길게 깔려 있었다.

X선에 투시된 영상들처럼
새들 희끗한 모습 드러낸 채
구름 속으로 사라지고

누가 부질없이 장미꽃의 추억을 아궁이에
구겨 넣고 있다
누가 부질없이 사월의 사슴을
도시의 매연 속으로 몰아가고 있다

시간은 조개의 빈 껍질만 모아
도시의 사막으로 쌓아가는 시간
지금 내 오후의 마음도
그와 같은 긴 터널을 지나고 있다

기진한 듯 기진한 듯
절룩거리며
눈먼 나침반을 들고
지나고 있다.

경북대 문학치료학과 박사과정, 한길심리클리닉 부원장
〈월간문예〉 등단, 시립도서관 가족책쓰기, 『셋이 하나』

자전거

문제성

자전거 못타는 사람
못타는 사람 뭐 그런 사람 있나요?

죽지 않으니까 안심하고 핸들은 넘어지는 쪽으로 해
페달은 계속 밟아 핸들은 꽉 잡고
그래 그렇게 하는 거야. 어, 어, 어, 어
이런 넘어졌네. 뭐 살짝 긁힌 것뿐이야

난 그렇게 자전거를 배웠지
이젠 차보다 빠를 걸, 골목 사이사이를 누비니깐

그렇게 연습만으로도 자전거는 익숙해졌어
그런데 사랑은 연습도 훈련도 없잖아
하지만 자전거처럼 곧 편해질 거야.

시립도서관 책쓰기

회색도시의 사냥꾼

김병기

산

그곳에

내영혼이

숨쉬고싶다한다

회빛도시를어슬렁거리며

다람쥐닮은흔적만기억하기엔

아직가슴속을휘젓는뜨거움이남아있다

책   상처럼딱딱해져가는차가운바람이점점커진   다

언젠가느껴본상쾌하고따스한한줌바람이생각나서

웃어도보고소리도질러보고울어도보고애원도해보지만

회칠한거리는날마다날마다휑하니비웃고지나가며조롱만해댄다

사람은가고돌아오지않는거리에서마음의빈자리엔추억들만대롱대롱매달린다

〈문학광장〉 등단, 시립도서관 책쓰기

희망 목록 1호

김인겸

난 오늘도 자전거를 타고 통근한다. 내 인생에서 가장 간절히 갖고 싶었던 변속기가 달린 자전거를 타고 말이다.

그러니까 40년 전 초등학교 졸업반 때였다. 당시 우리 면 내에는 중학교가 없었기 때문에, 초등학교를 졸업하면 이웃면에 있는 중학교에 진학해야 했다. 중학교까진 거리가 꽤나 되었기에 나는 부모님께 초등학교 졸업 및 중학교 입학 선물로 변속기가 달린 자전거를 사달라고 했다. 당시 우리 집에는 당시 가장 일반적인 삼천리 자전거가 한 대 있었지만 그것은 형이 타고 다녔다. 요즘으로 치면 일반 자전거는 국산 자전거이고 변속기 달린 자전거는 외제 자동차인 셈이다.

며칠 전에는 외제차를 시승해보라는 우편물이 배달되기도 했다. 언젠가 시승식이라도 한 번 해봐야지 하고 안내장을 책상 위 한켠에 잘 보관하고 있다. 가끔은 나도 한 번 지를까 하는 충동이 들어 아내에게 "우리도 외제차 살까?" 하고 물어보면 짠돌이 아내는 일언지하에 거절한다. 그렇지! 꿈 깨야지. 멀쩡한 국산자동차가 있는데 비싼 대가를 지불할 필요가 없지.

난 내일도 자전거를 타고 통근할 거다. 이게 보통 자전거인 가? 50년 인생에서 가장 갖고 싶던 '희망목록 1호'가 아닌가?

경북대학교 의학전문대학원 교수, 시립도서관 책쓰기

행복한 도둑놈

장정옥

여름 내내 정원을 아름답게 장식하고 찬 서리를 맞고서야 운명을 다한 다알리아 구근을 캐 저장을 하다 보니 요것들이 우리 집에 온 사연들이 생각이 나네요.

근데 이 이야기는 소리 내어 읽기 없기, 절대 남들한테 이야기하지 말기, 혼자만 알고 있기, 읽는 순간 바로 잊어 먹기......에 자신 있으신 분들께만 읽을 자격을 드리겠습니다.

"뭔 이야기를 늘어놓으려고 이러는지 궁금하시지요?"

제가 꽃을 무지 좋아합니다. 온 마당에 사시사철 수없이 많은 꽃을 피우는 것이 소박한, 아니 거창한 제 소원인데요. 그중에서도 야생화, 쉽게 말해 토종 우리 꽃을 좋아하지요.

그런데 문제는 그런 꽃은 잘 팔지도 않고 쉬 눈에 띄지도 않는다는 겁니다. 차를 타고 가다보면 개 눈에 똥 만 띈다고 도로변 또는, 낯선 길에서 제가 원하는 꽃들을 만나게 됩니다. 꽃을 발견한 순간 가슴이 방망이질을 하고 얼굴이 달아오르지요.

그럴 땐 어찌하느냐?

우선 낮에 잘 봐둡니다. 몇 번째 모퉁이를 돌아 몇 번째 가로수 옆에 있는지? 혹은 빨간색은 어디쯤? 노란색은 어디쯤에 있는지? 확실하게 눈도장을 찍어 놓은 다음 비가 오길 기다립니다. 드디어 비가 오면

호미랑 비닐봉지를 챙겨 완전 범죄를 위해 검은색으로 옷을 입고 장갑을 끼고 야심한 시각에 그야말로 꽃 도둑질을 나섭니다. 꼭 비온 다음 날이어야 합니다. 그래야 꽁지 빠지게 급하게 캐도 잘 살아 남기 때문이지요. 낮에 해도 되지만 간땡이가 좁쌀만 하고 누가 보고 물으면 변명의 여지도 없고 넉살도 없으니 어쩝니까? 밤을 노리는 수밖에요.

이건 내가 낸 세금으로 한 것이니 한 포기쯤은 해도 괜찮다고 일단 맘을 달래줘야 합니다. 서방님은 덩치만 컸지 겁이 많아서 차에서 조바심을 내며 보초를 섭니다.

삽질해야 될 정도로 큰 나무도 아니고 꽃 한 뿌리면 충분하기 때문에 제가 나서는데요. 하다가 차라도 휘익 지나가면 오줌 누는 척 하는 걸 잊으면 절대 안 됩니다. 하지만 그것도 도둑질인 건 사실인지라 웬만한 강심장이 아니면 팬티에 오줌지리는 건 각오해야 됩니다. 걸리면 무슨 망신입니까. 얼마나 떨리는지 혹 CCTV에 찍히는 건 아닐까? 조바심도 나고 하지만 꽃 도둑 책 도둑은 그나마 참작이 된다고 스스로를 위로하고 달래놓아야 됩니다.

옛날에 도둑놈이 가난한 선비 집에 갔다가 도둑질한 물건을 내려놓고 왔단 이야기도 있듯이 이 도둑놈 또한 규칙이 있는데요. 절대 개인이 애지중지 가꾸어놓은 건 손대지 않는다. 나라에서 한 것, 수도 없이 많아 한 포기 정도 없어도 별 표시가 나지 않는 것, 그리고 내년 봄에 반드시 새싹이 나는 다년생이 아니면 아무리 예쁜 꽃도 사절입니다.

그런데 꼭 갖고 싶은데 도로변에는 없고 남의 집 담장 너머에 있다. 그러면 어쩌게요? 주인을 만날 때까지 열 번이고 밤낮으로 그 집 앞을 서성입니다. 그러다 주인을 만나면 활짝 웃으며 실실대다가 콧소리를 빵빵하게 넣고 말을 건넵니다.

“저어, 제가 이 꽃이 정말 갖고 싶어 그러는데 좀 나눠 주시면 안 될
까요?”

봄엔 사정해서 한 뿌리 얻어오고 가을엔 꽃씨 받아오고 겨울문턱엔
‘구근 캐거든 꼭 전화주세요.’ 하며 제가 원하는 건 무슨 수를 써서라
도 손에 넣고야 맙니다. 번호도 메모지에 적어주면 흘러버릴 수도 있어
반드시 꽃 주인의 폰에다 꽃녀라고 저장하는 걸 보고서야 돌아서지요.

전화번호까지 주고 얻어온 구근은 오늘 캔 토종 다알리아꽃인데 올
여름 내내 겹겹이 아름다운 꽃이 우리 집 마당을 빛내 주어 여간 뿌
듯하지 않습니다. 오늘 명을 다한 다알리아 구근을 캐니 고구마만한
것이 열두 개나 됩디다. 그걸 보는 순간 종족 번식에 성공한 동물처럼
맘이 흐뭇한 것이 어찌나 기분이 좋던지 마치 손자 본 듯 아주 대견스
럽지 뭡니까.

그런 열정이다 보니 우리 집엔 여느 집에 뒤지지 않게 수많은 꽃들이
피고지고를 반복하는데 신랑 각시 공범으로 둘만의 은밀한 사연이 있
다 보니 볼 때마다 아주 재미납니다.

“야~~! 이 꽃 예쁘네? 이건 어디서 해왔노?”

“이건 저~쪽에 왜 학교 옆에서 캐 온 거잖아요?”

“아~! 맞다, 맞다!”

“이건 또, 어디서 해 왔더라?”

“아이고~참, 정신도 그클 없노? 이건 저기 지하철 종점 있는데서 했
잖아요?”

“아~글나?”

“눈이 많아 두 번이나 허탕치고 어렵게 해왔구만!”

“아~맞다. 맞다? 예쁘긴 정말 예쁘다 그지?”

둘만이 아는 은밀한 대화는 여간 재미있는 것이 아닙니다. 그중 저를 미치고 환장하게 만드는 것이 풍선 나무입니다. 연둣빛 풍선 예쁜 거야 말 할 것도 없지만 그 풍선을 톡 터트리면 그 속에 씨앗이 세 개가 있는데요. 그 씨앗이 이 풍선 나무의 압권이지요. 연둣빛 풍선 안에는 연둣빛 바탕에 하얀 하트문양이 선명하고, 풍선이 시들면 까만 씨앗에 하얀 하트무늬가 아로새겨진 것이 얼마나 사랑스러운지 보여드리지 못한 것이 참으로 한스럽기까지 합니다.

제가 좋아하는 국화는 저기 금은방 개업하는 집에서 얻은 건데요. 정말 탐스럽고 예뻐 필살애교로 겨우 곁눈 한 뿌리 얻어온 것이 지금은 뒷마당 한 가득이 되었습니다. 그걸로 저번 딸내미 연주구경 갈 때 꽃다발을 만들었지요. 손수 가꾼 거라 향도 좋고 의미도 있고 뭣보다 돈 벌었지 뭡니까?

그런데 이건 좀 부모로서 부끄러운 일이라 우리 딸한테는 비밀이었는데요. 수시로 꼴 같지 않은 걸 자꾸 갖다 심는 걸 보고는 묻는 거예요.

"엄마! 이런 건 어디서 파는데? 이런 꼬라지시럽은 것도 꽃집에서 파나?"

도둑이 제 발 저린다고 가슴이 철커덩거립니다.

"왜 안 팔아? 저기 경산 꽃시장이나 불로동에 가면 없는 것이 없다. 돈이 없을 뿐이지."

그러고, 이런 건 완전 싸다. 그러니까 엄마가 싼 맛에 사와가 정성껏 가꾸면 된다고 뻥칩니다. 하지만 우선 보기에 워낙이 시답잖은지라 왠지 눈치를 차린 느낌입니다. 이렇듯 한 포기 한 포기마다 사연이 있고 두근거림이 있어 볼 때마다 귀하고 재미가 여간 아닙니다.

그런데, 우리 서방님은 지금 이명증, 날파리증에다 불면증까지 겹쳐 약을 달고 사는데요. 이 모두 꽃 도둑질하는 색시 따라 댕기다가 가위 눌리고 마음 졸인 탓이라며 저를 원망합니다. 간땡이 큰 마누라 따라 댕기다가 지레 죽게 생겼다며 투덜거리면서도 그 일 만큼은 두말 않고 다 들어 줍니다. 그때만큼은 그 어떤 때보다 손발이 척척 맞는 환상의 찰떡궁합입니다.

그나저나 도둑질한 얘기를 이래 떠벌려가 되는지 모르겠네요.

"진짜로 처음 약속하신대로 소문내기 없깁니데이."

소문나면 저 은팔찌 차게 됩니다. 약속 지켜 주실 거지예?

네? 벌써 다 까먹었다구요? 휴우…… 다행이다.

구청 책쓰기, '꿈독서', 『참새 방앗간』, 『바람아 안아다오』

혼자 눈뜨는 아침

문현숙

고요와 적막이 감돈다. 낯설다. 칠흑 같은 어둠속 고속도로 위에 고장 난 자동차처럼 목이 터져라 고함을 쳤다. 아무리 살펴봐도 인기척이라곤 찾아 볼 수가 없다. 사유의 바다 위에서 허우적거리는 내가 보인다. 악몽이었다. 땀으로 얼룩진 온몸이 물먹은 솜처럼 젖어있다. 등줄기로 오싹한 습기가 느껴진다. 아직은 아닌데……. 죽을 것만 같은 두려움과 공포가 엄습해왔다. 창을 후려치는 빗소리가 미로 속을 헤매던 정신을 불러 세운다. 하늘을 잔뜩 가린 먹장구름 사이를 비집고 비가 내리고 있다. 혼자 눈뜨는 아침이다.

이십여 년이 넘는 세월의 반 이상을 주말부부로 살고 있다. 아들은 군에 보내고 과년한 딸아이 세상일에 바깥 잠이라도 자는 날이면 홀로 아침을 맞는다. 굳게 닫힌 입술은 말을 잃었고, 살기 위한 찬밥 한 덩어리 꾸역꾸역 밀어 넣기 위해 가끔 입을 연다. 고요와 침묵이 감도는 공기는 익숙한 일상이 되었다. 세월에 떠밀려 변화된 어쩔 수 없음의 일상, 그 속에 거부하지 못한 채 받아들일 수밖에 없는 일이란 까닭 없이 슬프다. 격해오는 슬픔을 잠재우기 위해 TV를 켠다. TV와의 조우, 그것은 언제나 신선함으로 나를 유혹한다. 언제부터였을까? 지난날 아버지가 앞서간 길 위에 내가 그대로 따라가고 있었던 건. 아버지의 고독과 비애가 묵은 슬픔처럼 가슴을 훑고 지나간다.

'노인 인구의 상당수가 TV가 없었다면 심각한 우울증을 앓았을 것이다'는 통계결과를 본 적이 있다. 임종 전 마지막으로 각인된 아버지 모습은 침대 위에 길게 누운 채 TV 속 세상에만 시선을 묻어 둔 것이다. '죽어야지'를 연신 되뇌며 그 어떤 소통도 거부한 채 '죽을 날' 받아놓은 사람처럼 마음 문을 걸어 두었다. 왜 죽고 싶다는 말속에 처연한 외로움이 깃들어 있었음을 눈치 채지 못했을까? 인간은 누구나 절대 고독을 느낄 수 있다는 걸 단 한 번도 인식하지 못했다.

아버지는 그냥 아버지였다. 친정에 가서도 그저 방문 앞에서 목소리로만 알린 채 열어보지 않는 날들이 익숙해갔다. 아버지 곁에 나란히 앉아 TV 속 주인공을 애기삼아 맞장구쳐주지 못했다. 바깥바람이라도 쐬자고 먼저 손을 내밀지도 않았다. 내가 보고 싶었던 가장의 모습만을 고집스레 강요하며, 받으려고만 했던 지독한 이기심이 어쩌면 아버지를 외로움의 고통 속으로 떠밀어 넣은 건 아닐까?

'세상일이란 무덤 속에 들어갈 때까진 누구도 장담할 수 없다'고 한다. 그 진리를 지천명에 다다른 지금에서야 조금은 알 것 같다. 삶에 대한 지독한 편견이었고 교만이었음을……. 닮고 싶지 않았던 아버지의 모습이 고스란히 내게로 담겨지게 되리라곤 그때는 상상조차 하지 않았다. 한낱 사물에 지나지 않는 TV로 인해 아버지의 관심 밖으로 밀려난 가족들 그 누구도 아버지의 임종을 지켜주지 못했다.

가족이 있는 자도 가끔 스쳐가는 낯선 사람도 외로움이 두렵기는 마찬가지일 테다. 하물며 가족이 없는 사람의 외로움이야 말로 어찌 표현하랴. '고독사'라는 말이 떠오른다. 처음에는 낯선 말로 다가왔지만 내게도 가끔 익숙해지는 말이다. 쓸쓸하고 쓸쓸하여 아픈, 아프면서도 어두운 나의 자화상이다.

마지막 가는 모습을 지켜보는 이 아무도 없다. 손잡아 주는 이도 없이 생을 마감한다. 망자의 유품을 대신 정리해 주는 업체도 조금씩 늘어난다고 한다. 뒤늦게 가족에게 주검이 발견되면 '아무도 모르게 해 달라'라는 소리를 가장 많이 한단다. 고인이 머물던 방을 빼서 그 보증금으로 장례를 치르려는 가난한 유족의 상처가 그 뒷모습까지도 쓸쓸한 깊은 슬픔으로 젖어온다.

세상 어느 누구도 홀로 태어난 이는 없다. 축복 속에 태어나 수많은 관계를 맺으며 살아간다. 홀로 떠나는 삶이야말로 고통스러울 만큼 절대적 고독이 아닐는지……. 유배지의 섬처럼 군데군데 흩어져 살아가는 삶속에서, 서로를 향한 관심과 배려의 눈빛이 회복되지 않는 한 누구도 자유로울 수 없을 것이다. '고독은 생명에 이르는 병이요 사망에 이르는 병은 절망'이라던 키에르케고르의 글귀가 내 의식을 깨워 앉힌다. 아버지가 앞서 걸어간 길을 내가 걸어가듯 내가 걸어온 길에 깨달았던 아픔을 딸아이에게만은 상처로 남겨 주지 않기를 소망한다.

아침이 되니 밤새 그리웠던 딸아이의 구둣발자국소리가 들린다. 문을 열고 들어서는 눈빛에 안쓰러움이 깃든다. 들릴 듯 말듯 한 목소리를 겨우 지불하고 방으로 들어가려는 아이를 불러 세웠다. 순간 딸아이의 흐린 눈과 물기가 도는 나의 눈이 마주쳤다. 조심스레 다가가 어깨를 감싸 안았다. 아이의 가슴에 내 가슴이 닿는 순간 외로움에 굳었던 마음이 봄눈처럼 녹아내렸다.

봄 향기 가득 담은 한줄기 빗소리가 내 귀에 속삭인다.

"다독다독……. 이르고 아우르고 더부르고……."

사달라고, 나이키

김현숙

교실 앞문을 있는 대로 열어젖히고 인애가 등장했다. 인애가 당당한 이유는 발에 있었다. 가시나 간도 크게 실내화도 안 신고 3층까지 올라 온 거다. 그 용기 또한 발에 있었다. 내 눈에 인애의 빨간 나이키 운동화가 들어왔다.

인애는 1학년 4반에서 최초로 나이키를 신게 된다. 정민이도, 순애도, 내 단짝 기숙이까지도 서로 할퀴며, 인애의 나이키 운동화를 신어보겠다고 난리였다. 그 누구의 발이 들어가도 나이키는 빛날 수밖에 없다.

인애의 기세가 교실 천정을 뚫을 지경이었다.

재수 똥바가지 쓴 하루다.

저녁에 안 된다는 걸 알면서, 난 엄마를 졸랐고 징징댔다. 우리 반 46명이 전부다 신는데 나만 없다는 게 도대체 말이 되냐고 징징댔다.

"그럼 니가 신고 다니는 그건 머꼬? 맨발로 다니나?"

"사도."

"……"

"사도."

"니, 고만해라~이."

죽어도 사내라고 틈 보이는 대로 징징거리며 엄마를 조르고 또 졸랐

다. 하지만 돌아오는 것은 단칼에 자르는 한마디,

"있는 거나 깨끗하게 빨아 신어라."

엄마는 그 여느 때보다 쌀쌀했다.

이불을 깔고 누웠다. 분한 가슴이 펄떡거려 잠이 오지 않았다. 알 수 없는 억울함에 짜증이 났다. 말로 하면 화부터 나서, 나는 엄마에게 편지를 쓰기로 했다. 사줄 때까지 써보겠다는 다짐도 했다. 억울한 마음으로 시작한 편지가 결국 통사정이 되고 말았다.

아침에 자고 일어난 이부자리 위에, 전날 밤에 쓴 편지를 보란 듯이 내려놓고 난 또 누가 보란 듯이 아침밥을 마다하고, 혼자 기분에 등허리를 씰룩거리며 대문을 나섰다.

집에 돌아왔을 때 엄마가 두 눈에 눈물을 보이며 아이고 그래 우리 딸내미 당장 나이키 사러 가자, 엄마가 사 준다 그놈의 나이키 하는 모습을 떠올리며 상상하며 기대까지 했다.

덕분에, 국어도 체육도 대걸레질도 가사시간에 손바닥 맞는 것까지 전부 다 코로 하긴 했지만, 붕 뜬 기분은 좀처럼 가라앉지 않았다.

인애는 수업시간에도 선생님 몰래 빨간 나이키를 꺼내 들여다봤고, 신었다가 벗었다가 혼자 난리였다. 쉬는 시간이면 자랑이 하고 싶어 양손에 나이키를 들고 3반으로 2반으로 정신없이 뛰어다녔다. 쥐어박아 주고 싶은 맘을 감출 수 없었다.

그날 오후, 집엔 엄마가 없었다. 혹시나 해서 난 엄지발가락 끝을 세워 내 방문을 쭈~욱 밀었다. 이부자리도 내가 밤새 쓴 편지도 아침 그대로였다.

'어, 머꼬? 내 편지는 보지도 않고, 씨-!'

짜증이 확 났다. 이부자리 위에 풀썩 주저앉아 울기부터 했다. 엉엉

소리를 내니까 눈물도 펑펑 쏟아졌다. 그냥 울었다. 한바탕 울었더니 짜증이 좀 덜해졌다. 왠지는 모르겠지만 속도 시원하고 붕 뜬 기분도 가라앉는 것 같았다.

'사줄 때까지 쓸 끼다.'

콧물을 후루룩 말아먹고 어젯밤 쓴 편지를 좌~악 폈다.

엄마, 내다.

내가 엄마 딸로 태어나서 다행이고 고맙다매. → 고맙지.

나도 엄마가 내 엄마라서 좋다. → 지랄하네.

엄마, 엄마는 28,800원 생기면 뭐할 건데? → 와? 누가 준다 카더나.

나는 사고 싶은 게 딱 한 개 있는데 돈이 없다. → 나도 사고 싶은 거 있다.

다음 주 금요일에 내 소풍가는데 나도 나이키 신고 가고 싶다고, 하나만 사주면 안 되나? → 스펙스도 좋다.

하나만 사주면 매일 매일 저녁에 쌀도 씻어 놓고 콩나물도 무쳐 놓을게.

으~응? 안되나? → 됐다, 내가 한다. 공부 잘 하겠다는 소리는 곧 죽어도 안 하제, 가스나.

내일 토요일인데 시내 가자, 아니면 돈도. 내가 사올게.

엄만 맨날 디다 카잖아, 응? → 스펙스 그냥 신어라.

내 진짜 착하제? 그러니까 나이키 사도?

알았제? → 학교 갔다 오면 쌀 씻고, 콩나물 무쳐라, 알았제?

아이고 내 딸내미 착하제.

현숙이가

　편지지를 확 움켜쥐고 난 또 울었다. 엉엉 소리를 안 내도 눈물이 잘
도 나왔다.

시립도서관 책쓰기, 『나에게로 힐링』